闇の奥

コンラッド作
中野好夫訳

岩波書店

Joseph Conrad

HEART OF DARKNESS

1899

闇の奥

一

帆布一つ動かない、帆走遊覧船《ヨール》ネリー号は、ゆっくり流れのままに揺れながら、錨をおろしていた。潮は上げ潮になり、風はほとんど凪ぎだった。河を下るというのであれば、じっとこのまま潮の変りを待っているよりほかなかった。

眼の前は、涯《はて》しないテムズ河の水路が開けて、はるばる海の方まで展がっていた。遥かの沖合は、海と空とがどこともなく一つに溶け合い、白々と光る光の中を、潮に乗って溯ってくる河船の鋭く尖った三角帆が、まるで動かないもののように群れ合って、ワニス塗りの斜桁が陽の光をキラキラと照り返している。坦々と遠く、海に向って消えている陸地一帯の空には、薄靄が低く立ちこめていた。グレイヴゼンドあたりからは、空気さえ薄濁って、さらに遠くその背後は、この世界最大の大都市を蔽う暗欝な雲行きになって、低く重たげに垂れこめていた。

会社の「重役」は、われわれの船長でもあり、主人役でもあった。舳に立って、じっと海の方を見つめている彼の後姿を、われわれ四人は親しみをこめた眼差しで眺めていた。この河で生きる人々の中にも、およそ彼くらい見るからに船乗りらしい人間はいまい。まるで水先案内でも見るようだった。水先案内といえば、船乗りたちの信頼を一身に握っている人間だ。彼の職場が、あの白く光る河口にはなくて、かえってあの背後の暗澹たる雲の下にあるとは、ちょっと想像もつかない取合せだった。

　いつかも言ったが、われわれの間には海という強い絆がある。お互い長い隔離生活をともにすることから、知らず知らず心と心が結ばれるという以外に、それはまた人々をして、お互いの見聞談に対し――いや、その信念に対してすら――おのずから寛容の心構えを持たせるのだ。弁護士――実によくできた老人だったが――が、そこは年の功と人徳で、甲板上たった一つきりのクッションを占め、これも一つきりの膝掛の上に横になっていた。計理士は、先刻からドミノ牌《パイ》（一種の室内遊戯）を持ち出して、しきりに牌を積んだり崩したり、いじくりまわしていた。すぐ艫の方には、マーロウが脚を組合わせて、後檣に倚りかかっている。こけた頬、黄色い顔、棒を呑んだような背筋、どこか禁欲的な風貌、その彼が、掌を外にして、両腕をダラリと垂れた恰好は、どこか異教の偶像を思わせる。「重役」は、十分錨の利いているのを見届けると、やがて艫の方に来て、われわれの仲間に加わった。二言三言、物倦げになにか言葉を交したが、あとはまた船の上は静まり返ってしまった。どういうわけか、誰もドミノをやろうと言い出さなかった。みんなそれぞれ物思いに耽って、ただぼんやりと眺めている以外、心が動かなかったのだ。長閑《のどか》な、輝かしい一日が静かに暮れようとしていた。水面はなごやかにかがやき、雲一つない空は澄み切った夕映に、広々と微笑みかけている。エセックスあたりの沼沢地の薄靄までが、なにかまるで薄織のように照り映えながら、木深い丘脈《やまなみ》をこめ、低い河岸を透きとおった襞模様に押し包んでいた。ただ西の方、上流河区の空を垂れこめた暗雲だけが、まるで太陽の接近を怒るかのように、刻一刻その暗澹さを加えていた。

やがてついに、動くともない曲線を描きながら、陽が低く傾いた。そしてあの大都市の群集の上を垂れこめた暗雲に触れると、頓死でも遂げたかのように、みるみる白熱の輝きから、光も熱もない鈍赤色《にぶあかいろ》に変って行った。

と、まもなく河面にも変化が起った。水面は艶やかな光沢を失うとともに、いっそう沈痛な澄明さを加えて来る。何千年か、両岸に住むあらゆる種族に豊かな余沢を恵んで来た老大河は、いまや落日の下に漣波《さざなみ》一つ起らず、はるか地の果てまでもつづく水路の威厳を誇るかのように、眼路のかぎり広々と静もり返っていた。いわば高徳の長者ともいうべきこの河の流れを、われわれは、ただ来ては去る短い一日のあざやかな夕映えの下に眺めていたのではない。もっと悠久な記憶をとどめた、荘厳ともいうべき光の下に眺めわたしていたのだ。敬虔と愛とをもって「海に生きてきた」ものならば、あのテムズ河の下流河区を眺め渡して、それが持つ過去の偉大な精神を思い浮べないものはあるまい。不断の恩沢をもたらしながら、あるいは故郷の安らかな休息へと、あるいはまた海の戦いへと、数知れぬ人と船とを載せて送った、そのさまざまな想い出を秘めたまま、いまもなおたえまなく満干《みちひ》をくりかえしているのだ。サ・フランシス・ドレーク（一五四〇—一五九六年。英国の航海者、スペイン無敵艦隊を撃破す）の昔から、サ・ジョン・フランクリン（一七八六—一八四七年。英国の北極探険家第三回目の遠征に消息を絶ち、極地に死す）に至るまで、この国民のもって誇りとする海の騎士たち——そうだ、彼等こそ真の騎士だったのだ。爵位の有無など、それがなんだ——を、この河はことごとく知っているばかりか、身親しく奉仕して来たのだった。

かつてこの流れの運んで行った幾多の船、それらこそは、時《タイム》という闇黒の中に、まるで宝石のように光を放っている光栄の名前なのだ。円々と膨れ上った船艙に数々の財宝を充して帰り、かしこくも女王陛下親しく訪問の光栄をえたあと、そのまま偉大なる海洋発展史物語の上から姿を消してしまった「金鹿《ゴールデン・ハインド》」号（前記ドレイクの乗船、世界一周した最初の英国船）をはじめ、新たなる征服を目指して船出し、——ついにふたたび帰らなかった「エレバス」、

「テラー」の二船（前記フランクリンが最後の遠征に用いた船名）に至るまで、流れはすべてそれらの船を知り、人を知っていた。デットフォドから、グリニッジから、そしてエリスから、――冒険家、移住者、王室の所有船、取引所商人の船、船長、提督、東洋貿易の「もぐり商人」、東インド商会艦隊の新「将軍」たち――彼等はすべて船出して行ったのだ。黄金を求め、名声に憧れて、あるものは剣を、あるものは文化の炬火を携えて、すべてこの流れを下って行ったのだ。奥地に対する力の使者、聖火を伝える光の使者。それにしても未知の国々の神秘へと、この河の退潮が載せて行ったもののいかに大きかったことだろう！……人類の夢、社会の胚種、そして帝国の萌芽！

日は沈んだ。流れの上にも夕闇が落ちて、岸沿いには夜の灯が瞬きはじめた。泥床の上に三脚を据えたチャプマン灯台の灯が、にわかに光を増し、水路のあたりは、おびただしい船の灯が、あるいは高く、あるいは低く、静かに揺れて行く。だが、まだ遥か上流河区のあたりは、あの怪物のような大都会のあり場所が、落日の残映を受けた暗雲と、星空に赤く燃える反映とで、まるで凶事の前兆のように、夜目にもそれと眺められるのであった。

『ここもねえ、』と、突然マーロウが言い出した。『かつては地上の闇黒地帯の一つだったんだ。』

彼は、われわれの中で、今なお「海に生きている」唯一の人間だった。強いてケチをつけるとすれば、彼がいわゆる船乗り型の人間でなかったということだけだろう。たいていの船乗りが、なんと言おうか、案外定住的な生活を送るものであるのにひきかえ、彼の場合は船乗りであるばかりでなく、同時に漂浪者でもあった。船乗り心理というものは、案外に出不精なのだ。家といえば船だ――それがいつでも附いてまわっている。いわば彼等の故国である海にしても、そうだ。船といえば、どの船にしたところで大した変りはない。海は海で、どこまで行っても同じだ。環境というものが少しも変らないために、彼等にとっては、異境の土地も、人も、そして恐ろしく変る生活様式も、すべてが神秘感に包まれるというよりも、むしろいくらか軽蔑を交えた無智のままに見すごしてしまうのだ。彼等の生活の支配者、そして「運命」そのもののように不可解な海、その海以外には、船乗りたちにとって神秘なものはない。あとはただ仕事の終った後など上陸して、そこいらを一廻りするか、一騒ぎでもすれば、もうそれで全大陸の秘密でも知ったつもりになり、しかも多くの場合、なに、これしきの秘密かといった工合に、高を括ってしまうのである。船乗りたちの見聞談といえば、至極あっさりしたのが特徴であり、意味といっても、ひどく拍子抜けする呆気《あっけ》ないものである場合が多い。ところが、その意味ではマーロウは(眉唾物の話を真《まこと》しやかに話す癖は別として)、いわゆる船乗りとしては型破りだった。たとえば彼にとっては、挿話の意義は、核のように内側にあるのではなく、むしろ話を包む外被そのものの中にあった。たとえていえば、日光があれば薄靄のたなびくように、それとも言いかえれば、月の光の分光によって、朦朧とあの暈輪《かさ》のおぼめく折があるように、どこまでも物語を包む雰囲気の中にあった。

マーロウの言葉は、別に意外でもなんでもなかった。いかにも彼らしい言い方だった。みんな黙々として肯いた。誰一人呟くものすらいなかった。やがてふたたび、彼はポッポッ言葉を続けて言い出した。

『僕は大昔、そうだ、千九百年前、ローマ人がはじめてこの国へ渡って来た頃のことを考えていたんだ。——といっても、つい昨日のようなもんだからな……その時以来、この河から光明が流れこんだ、——騎士達の功績《いさおし》というのかい? そりゃそうだろう。だが、それは、君、要するに束の間の野火にすぎないんだ、光っては消える雲間の稲妻にすぎないのだ。人間の生などは、畢竟するにたまゆらの燭火《ともしび》だよ——たとえそれが、この古ぼけた地球の続くかぎり続くことを祈るとしてもだぜ! だがね、闇黒はつい昨日まで、この土地を蔽っていたんだよ、君。まあ、考えても見給え、地中海に浮んだ堂々たる――そう、君、なんて言ったっけな？――そうだ、ガリー船の艦長に突如として北上進撃という命令があるとするねえ、その時の気持はどうだろう？ たちまちゴール人の故郷（フランスのこと）を駈け抜けて、そうだ、奴等は――よほど器用な連中だったらしいな、――物の本の記述が、もし本当だとすれば、一月か二月かで、こんな船を何百艘ってこさえたらしいからね。さあ、そこでこうした船団を指揮してだよ、――世界の果て、海は鉛色、空は煙の色、そして手風琴《コンチェルティナ》のように堅牢な船だ、――糧を積み、兵を載せ、ここを溯って来た光景を想像して見給え。砂利、沼沢、森林、蛮民、――文明人の口に合うものなどは何一つない、飲みものといってはテムズの河水、ただそれだけだ。『むろんファレルノ葡萄酒なんて美酒（古代ローマ時代から賞賛されたカンパーニア産の白ワイン）のあるはずはない。上陸すら不可能なのだ。時々は、荒野の中にそのまま消息を絶ってしまった軍隊もある――寒さ、霧、暴風雨《あらし》、疫病、流謫、そして死だ――空気の中にも、水の中にも、茂みの中にも、死が秘かに潜んでいるのだ。きっと蠅のように死んで行ったのだろう。だが、そうだ――彼等はやり遂げた。しかも見事にやり遂げたのだ。それもおそらく年老いて、若き日の経験を誇らかに語って聞かせること、それ以外には、特にどう考えるでもなく、ごく無造作にやってのけたのだ。彼等こそ闇黒に戦いを挑んだ勇敢な人間だった。そしておそらく彼等の心は、ただローマに幾人かの支持者を持ち、彼等自身の健康さえこの恐ろしい風土に堪ええたならば、やがてはラヴェンナ艦隊司令官への昇進という期待に、秘かにその胸を躍らせていたことであろう。それともこうした想像はどうだろうか？トーガ（ローマ人の着た寛潤な上衣）を着た一人のローマ青年市民が、――いずれは骰子《さいころ》遊びが過ぎたのだろう、――一旗挙げ直すつもりで、知事か、収税吏か、それとも商人の一行に加わって、この島へ渡ったと仮定してみよう。沼地に上陸し、森を抜け、やがてどこか内地の駐屯地につく。着いてみると、周囲は全くの未開地だ。闇黒の未開、――森の中に、叢林《ジャングル》の中に、そしてまた土民の胸の奥に蠢《うごめ》いているあの荒野の神秘な生活だ、――ひしひしとそれが追い迫るのを感じる。それは、われわれの窺い知ることも許さない神秘だ。彼はそうした不可解な謎の真唯中に生活しなければならない。それもたまらない話だ。だが、同時にそこには、不思議な魅惑をも感じはじめる。醜悪さの魅惑とでも言おうか？日とともに加わる悔い、逃れたい気持、しかもその力ない嫌悪、そしてやがては精根つきはてて、憎悪に変るのだ。』

ちょっと彼は言葉を切った。

『いいかね。』やがて彼は、片手を挙げてふたたび始めた。腕を肘のところで折り、掌を外に向けて挙げたところは、脚を前に組合わせた恰好と相俟って、洋服を着て、蓮の花がないというだけで、まるであの教を説く仏陀の姿勢そのままだった。『いいかね、われわれにはもうそうした気持はない。われわれを救ってくれるものは、あの能率主義――われわれはみんな能率ということにすべてを忘れる。ところが、今いった連中は、高が知れていた。いわゆる植民者ではなかった。彼等のやり口というのは、おそらくただ誅求、それだけだった。彼等は征服者だったのだ、そしてそのためにはただ動物力さえあればよかったのだ――あったからといって、そんなものはなに一つ誇ることはない。彼等の勝利は、ただ相手の弱さから来る偶然、それだけの話にすぎないのだ。ただ獲物の故に獲物を奪ったにすぎない。暴力による掠奪であり、凶悪きわまる大規模な殺戮《さつりく》だ。そして奴等は、ただまっしぐらに、盲滅法それに飛びこんで行った、――それでこそ闇黒と格闘するものにふさわしいのだ。この地上の征服とはなんだ？　たいていの場合、それは単に皮膚の色の異った人間、僕等よりも多少低い鼻をしただけの人間から、むりに勝利を奪いとることなんだ。よく見れば汚いことに決っている。だが、それを償ってあまりあるものは、ただ観念だけだ。征服の背後にある一つの観念。感傷的な見栄、いいや、そんなもんじゃない、一つの観念なんだ。己れを滅して、観念を信じこむことなんだ、——われわれがそれを仰ぎ、その前に平伏《ひれふ》し、進んで犠牲《いけにえ》を捧げる、そうしたある観念なんだ。』

彼は言葉を切った。河面には、青、赤、白、色とりどりのかすかな灯影が、或は追い、或は迫り、或は縺れ、或は行き交い、——やがてまたあわただしげに、またゆっくりと、わかれて行くのであった。巨大な都会の交通は、ようやく更けてゆくこの夜中にも、眠り知らぬ河面を小やみなく続いているのだ。われわれは、ただ辛抱強く、じっと待っている、——潮の変り目までは、他にすることもないのである。だが、しばらく沈黙が続いたあとで、ふたたびマーロウが、まるでなにかを憚りでもするような声で、『君たちも憶えているだろう。僕もこれで、昔はしばらく河船乗りをしていた時分がある。』と、口を切った時には、もうわれわれも観念の臍《ほぞ》を固めた。いずれは潮先の変るまで、また例のとめどない彼の体験談を、拝聴に及ばなければならないのだと。

『なに、僕は自分自身の経験談で君たちを閉口させようというのではない、』と、彼は切り出した。だが、不幸にして彼は、この言葉の中にすでに世上多くの話し手の犯している欠点、つまり彼等の聴き手というものが、実際どんな話をもっとも聞きたがっているか、その点はまったく御存知ないという弱点を、見事に曝露していた。『だが、ただこの事件が僕にどんな影響を与えたか、それをわかってもらうために、一応どうして僕がそんな方へ出かけて行ったか、何を見たか、そしてまたこの哀れな主人公にはじめて会った、そんな上流までどうして溯ったか、それだけは言っておかなければならない。それは僕の船乗り経験でも、たしかに一つの極点だったたし、ある意味で僕の生活の一つの頂点を示すものだった。僕の周囲、——いや、僕の精神生活にまで、なんというか、一道の光を投げかけてくれたようだった。事件自体は暗い——しかも悲惨なものだった、——どう見ても、すばらしいなどと言えるものではない、——はっきりした事件でさえない。そうだ、妙に曖昧な事件なのだ。だが、それにもかかわらず、なにか一筋の光を与えられたような気がするのだ。

『君らも知っているはずだ、その頃僕は、だいぶ印度洋や、太平洋、支那海などをうろつきまわったあげく、ロンドンへ帰って来たばかりだった——六年余りだったかな、——といえば、まず東洋も一通りは味わってしまったわけだが。ところで、僕は毎日ブラブラしながら、よく君らの仕事を邪魔したり、君らの家庭を襲ったりしたものだったっけ、まるで君らを啓蒙することが、僕の天職だと言わんばかりにね。それも一時は愉快だった。だが、暫くすると、じっとしているのにも倦いて来た。そこでまたしても船を探しはじめた、——ところが、こいつがおよそ難しい仕事でね。今度は船の方で見向いてもくれないのだ。船探しにも倦いちまった。

『ところで、僕は子供の時分から、大変な地図気狂いだった。何時間も何時間も、よく我を忘れて南米や、アフリカや、濠洲の地図に見入りながら、あの数々の探険隊の偉業を恍惚《うっとり》として空想したものだった。その頃はまだこの地球上に、空白がいくらでもあった。中でも特に僕の心を捉えるようなところがあると、(いや、一つとしてそうでないところはなかったが)僕はじっとその上に指先をおいては、そうだ、成長《おおき》くなったらここへ行くんだ、とそう呟いたもんだった。今考えると、北極などもその一つだったように思う。なに、もちろんまだ行ったこともないし、今ではもう行ってみる気もないがね。つまり、魅力が消えてしまったのだ。だが、まだそうした場所は、いくらでも赤道附近にころがっていたし、他にも両半球あらゆる緯度にわたって残されていた。中には、その後本当に行ってみたところも幾つかある。それに……いや、こんな話はもうよそう。だが、一つ、いわばもっとも広大な、しかももっとも空白な奴が一つあったのだ、そして僕は、それに対して疼くような憧憬を感じていた。

『なるほど、その頃はもう空白ではなかった。僕の子供時分から見れば、すでに河や、湖や、さまざまな地名が書き込まれていた。もう楽しい神秘に充ちた空白《ブランク》ではなかったし、――恣に少年時代の輝かしい夢を追った真白い地域でもなかった。すでに闇黒地帯になってしまっていたのだ。だが、その中に一つ、地図にも著しく、一段と目立つ大きな河があった。たとえていえば、とぐろを解いた大蛇にも似て、頭は深く海に入り、胴体は遠く広大な大陸に曲線を描いて横たわっている。そして尻尾は遙かに奥地の底に姿を消しているのだ。とある商店の飾窓に、その地図を見た瞬間から、ちょうどあの蛇に魅入られた小鳥のように、――そうだ、愚かな小鳥だ、僕の心は完全に魅せられてしまった。で、僕はふと思い出した、そういえばこの河で商売をやっている、大きな貿易会社があったはず。畜生、そうだ！　これだけの河といえば、船――それも蒸気船を使わなければ、商売のできるはずがない。それなら、そいつに一つ乗りこめばいいではないか！　と、僕はひとり肯いた。そしてあのフリート街を歩きながら、どうしてもこの考えを振り捨てることができなかった。蛇の魅力だったのだな。

『その貿易会社というのは、君らも知ってるだろう、大陸の会社だった。だが、幸い僕は大陸には親戚《みより》がいくらもあった。暮しも安い上に、思うほどいやなところでもないから、と言うんでね。

『悪いが、それからはその親戚たちをせっつき出したね。僕としては、それまでにないことだった。僕は、そんな風にして他人《ひと》に物を頼む人間ではなかったのだ。いつも自分の道を、自分の足で、自分の行きたいところへ行く人間だった。そんなやり方は、自分でも本当とは信じられなかった。だが、その時は、――わかってもらえるだろうねえ――なんでもかでも、ただ無性に行きたかったのだ。だからこそ僕は、いよいよ奴等をせっついていった。男どもは、いや、面白い奴《マイ・ディア・フェロウ》だ、と言ってくれるだけで、実際にはなんにもしてくれない。そこでもう僕は、――いいかね、本当の話なんだぜ――とうとう今度は、女どもにあたってみた。この僕が、チャーリー・マーロウが、なんと女どもに縋ったんだからねえ、――ただ仕事にありつきたいばっかりにね。やれやれ！　なんのことはない、妄執に追い廻されていたようなものだ。ところで、僕に伯母が一人あった、これがまた熱情的な女でね。こんな風に書いてよこした。――面白い思いつきだと思います。お前のためなら、どんなことでもしてあげるつもりです。とてもすばらしい思いつきだと思いますわ。幸い私は、会社幹部のさるお偉方《えらがた》の奥様を知っていますし、それにもう一人、相当顔の利く人も……といった調子なんだ。僕にその気さえあるなら、汽船の船長の口くらいは、なんとしてでもお世話するつもりだと、そう言うのだ。

『で、まあ口はできた、――もちろんね。ひどく造作ない話だった。なんでも船長の一人が、土民と衝突して殺されたという報知が、会社へ入ったらしいんだねえ。勿怪《もっけ》の幸いだった。いよいよ僕は、行きたくなった。その男の死骸というのは、それから何カ月も経ってから、この僕が出かけて収容したんだが、その時聞いた話では、喧嘩というのは、ほんの牝鶏二、三羽に関する誤解が原因《もと》で起ったものだそうだ。そうそう、黒い牝鶏が二羽だった。フレスレーフェン――名前はそう言ったが、デンマルク人でね、――なんでも売買のことで一ぱい食わされたと思い込んだらしいんだ。上陸すると、村の酋長を棒でひどく殴り出した。実を言うと、僕はこの話を聞いて、それから同時に、このフレスレーフェンという男が、平常《ふだん》はいかに物柔かな、温厚な人物だったかということを聞かされても、少しも驚かなかったねえ。きっとそうだったんだろう、だが、彼ももう二年、ねえ、君、この光栄ある職務に従っていたんだし、おそらく彼の自尊心を、なんらかの形で、一度示しておく必要を感じたんじゃないかね、きっと。

『だから、彼は、思い切りこの老黒奴《くろんぼ》を引っぱたいた。部下の村民たちは、呆気《あっけ》にとられて眺めているばかりだった。だが、その時だった、とうとう彼等の一人――酋長の息子だということだったが、――年老《と》った親父《おやじ》の悲鳴を聞くと、矢も楯もたまらなくなって、ほんの突くともなしに、白人めがけて槍先を突き出したのだ――もちろん穂先は、みるみるまに肩胛骨の間《あわい》に突き刺った。とみると村民たちは、たちまち後難を恐れて、われ先にと森の中へ逃げ走ったが、一方フレスレーフェンの船もまた、あわてふためいて、おそらく機関長でもが指揮したのだろう、逃げてしまった。その後僕が行って、代りに船長になるまでは、誰一人彼の遺骸のことなど構うものはなかったらしい。僕としては、そのまま捨てておくわけには行かなかった。だが、いよいよ機会が到来して、この先任者に会うことができた時には、彼の肋骨の間《あわい》からは草が生い茂って、骨もなにも埋めてしまっていた。ただ幸い骨は全部揃っていた。一度死んだとなると、もはや人間以上の存在として、誰一人手を触れるものがなかったのだ。その代り村もまた荒廃に帰してしまい、家々は朽ちるがままに、倒れた囲いの中にひどく傾いて、黒い虚ろな口を開いていた。たしかに、災殃《わざわい》は下ったのだった。村人の姿は一人として見えなかった。男も、女も、子供たちも、狂気のような恐怖に、森の奥深くちりぢりになって、誰一人帰って来なかったのだ。かんじんの牝鶏はどうなったか、それは知らない。彼等もまた、いずれは進歩という大きな車に呑まれてしまったのだろう。だが、とにかくこの事件のお蔭で、僕は決心して間もなく、仕事の口が見つかったわけだ。

『取るものも取り敢えず、僕は準備に駈けまわった。一日も早く雇主たちに面会して、契約に調印したいものと、四十八時間後にはもう海峡を渡っていた。さらに二、三時間もすると、あのいつも僕には白く塗られた墓が聯想される大都市(パリのこと)に着いていた。もちろん偏見だろうがね、これは。ところで、会社はすぐわかった。町でも一番大きいらしく、訊いてみると、知らないものはなかった。いわば海外に一つの帝国を経営して、貿易によって無尽蔵の利益を生み出そうというのだった。

『深い蔭になった、狭い、さびれた街、高い家々、鎧戸の日除《ブラインド》をした無数の窓、死のような沈黙、石材の間からは青草が芽生え、左右には堂々たる馬車用拱道《アーチ》があり、正面は宏荘な二枚扉が重たげに半ば開いている。僕は入口の一つをそっと入ると、飾り一つない、まるで沙漠のように無趣味な階段を上って、いきなりとっつきの扉を開けた。見ると女が二人、肥ったのと、痩せたのとが、藁床椅子に坐って、なにか黒い毛糸の編物をしている。と、急に痩せた方が立ち上って、僕の方へ近づいて来た――しかも俯向いたまま、手は相変らず編物の手をやめないのだ――ちょうど夢遊病者をでも避けるように、僕は危うく身を避けようとした途端に、女はつと立ち止って、顔を挙げた。服はまるで洋傘袋のような地味さ加減だ。物も言わずに、クルリと向き直ったかと思うと、ドンドン先に立って、僕を控室へ導いた。僕は名前を通じ、改めて四辺を見廻してみた。室の真中には樅の卓が一つ、壁沿いには粗末な椅子がグルリと並んでいる。そして一方の端には、虹そのままの七色に塗り分けた大きな地図が一枚かかっていた。目立って広いのは赤だ、――いつ見ても気持のいいもんだ、すでに本腰の仕事がそこで行われているということを示すものでね、――その次は、これも目につく青、少しばかりの緑、ところどころの橙、そして東海岸に廻ると、一個所、紫だ。おそらく上機嫌な進歩の先駆者たちが、愉快にドイツビールでも飲み交わしているところだろう。だが、僕の行くのは、それらのどれでもなかった。それはあの黄色、奥地の真唯中なのだ。そこにこそあの河が――蛇のように、――恐ろしい、――死の魅惑を投げている。ああ、その時だった、扉が開いて、真白な髪をし、ひどく隣れむような表情をした、秘書らしい男が顔を出し、まるで骨と皮のような人差指を挙げて、僕をやおら聖所へ招き入れた。薄暗い光、室の真中にどっしり場所を占めた大きな書き物卓。そしてその向う側には、フロックコートを着た、顔色の悪い、ぶくぶくの男の顔がのぞいていた。それが偉大なるボスその人だった。五フィート半はあったろうか、何百万という生命を操っているこの男。僕の手を握ると、なにか口の中で呟いたようだった。僕のフランス語に満足したらしい。
Bon voyage.《じゃ ごきげんよう》

『一分間足らずで、僕はふたたびあのやさしい秘書に連れられて、控室へ帰った。彼は、いかにも悲しげな、同情に堪えないような顔をしながら、なにか書類を出して僕に署名させた。その中には、彼等の商売上の秘密は一切他言しないというような誓約があったように思う。だから、今もそれは言わないことにするがね。

『だが、多少不安にもなりかけた。今までそうした儀式は一切知らない上に、その部屋の空気そのものが、なにか凶兆のようなものを感じさせる。いってみれば、なにか陰謀、――そうだ、――よからぬ陰謀にでも引き込まれているような感じだった。僕は部屋を出てほっとした。表の部屋では、相変らず二人の女が、見向きもしないで黒い毛糸の編物をしていた。後から後から人が来る。若い方の女は、絶えず客の案内に往復する。年老った方は、じっと椅子に掛けたまま、平たい羅紗スリッパを穿いた両脚を足温めの上にのせ、膝の上には猫が一匹蹲《うずく》まっていた。頭にはなにか白い、糊でこわばったものを被り、片頬に大きな疣が一つ、そしてまるで鼻の頭までずり落ちそうになった銀縁眼鏡をかけている。彼女は僕を眼鏡越しにジロリと見た。その一瞥のすばやい、そのくせ冷い物静かさが、かえって僕を不安にした。ちょうどその時、いかにもお人好しらしい、元気そうな顔をした若者が二人、案内されて通って行ったが、彼女はそれにもやはり、あの同じ無関心な冷い視線を素早くチラリと投げかけた。若者たちについて、いや、僕自身についてまで、なにもかも知っているとでもいわんばかりの冷たさだった。一瞬僕は悪感に似た気持に襲われた。不気味な、まるで死の使いのような女だ。奥地へ行ってからも、またしても僕はこの二人の女のことを思い出した、まるで暗い棺衣にでもするつもりか、一心に黒い編物をしながら、「闇黒」の門を衛《まも》っている女、呑気な、お人好しの若者たちを、次から次へと、一人はたえず未知の国へ案内しつづけている、そして今一人は、例のあの冷かな視線を挙げては、一人一人その顔を観察しつづけているのだ。Ave《ごきげんよう》！　黒い編物の小母さん！　Morituri te salutant.(将に死に赴く者より御挨拶申上げます、の意。古代ローマの闘士が闘技直前皇帝に対して述べた挨拶の言葉)そうだ、果してあの視線を浴びた幾人が、ふたたび帰って彼女を見ることができたろうか？――半分、とても半分はあやしかった。

『まだ医者の体格検査が残っていた。ほんの形式だけですがね、と例の秘書が、まるであなたの悲しい心はよくわかっています、とでも言いたげな顔をして言った。すると左の眉毛まで眼深に帽子を被った青年が一人、多分書記だろう、――なるほど、家の中は死の町の家のように静まり返っていたが、いずれ書記くらいはいたにちがいない——それが一人、どこか二階から降りて来て、僕を案内してくれた。薄汚い、構わない服装の男だった。上衣の袖はインキの汚点《しみ》だらけだし、まるで古靴の踵のような恰好をした顎の下に、大きな、よれよれのネクタイを結んでいる。まだ医者の出勤して来る時間には早かったので、僕はちょっと一ぱいやりたいがと言い出すと、相手も俄かに上機嫌になった。二人でヴェルモットをちびりちびりやりながら、彼は頻りと会社の事業を礼讃するので、僕はふと、だが、おかしいねえ、じゃ、なぜ君は行かないのだ、と言ってやった。と、彼は、急にひどく冷静に改まったかと思うと、ひどく勿体ぶった調子で言ったものだ、「プラトー、その弟子に言いけるは、われは爾《なんじ》の思う如き愚かものにあらず、」とね。そしてぐいと一つ、景気よくコップを飲み干して、僕等は立上った。

『老人の医者は一通り僕の脈搏を診ていたが、心は明らかになにか他のことを考えているらしかった。「よしよし大丈夫、これなら行ける、」と、彼は呟いた。そして改めてひどく熱心な顔つきで、一つ僕の頭の寸法を測らせてくれないか、と言うのだ。ちょっとびっくりしたが、僕もよろしいと答えてしまった。すると彼は、測径コンパスのようなものを出して来て、前後左右あらゆる角度から僕の頭の大きさを計っては、一々ノートに書きこんだ。無精鬚を生やした小男で、すっかり擦り切れた、ユダヤ人服のような上衣を着て、足には上靴《うわぐつ》一つだ。いずれ大して毒にもならないお人好しなのだろう、と僕は思った。「儂《わし》はね、全くある科学的興味からなんだがね、出稼ぎに行こうって人間の頭蓋骨を、必らず測らしてもらうことにしているんでな、」と、彼は言った。「じゃ、帰ってくれれば、また測り直しですか？」と僕は訊いてみた。すると彼は答えた。「ところが、二度とお目にかかる奴は、たえてない。それに、いずれ中身の方もどうかなってるだろうからな。」そして彼は、まるで軽い冗談口でもきいた時のように、軽く笑った。「それで、まあ、お前さんも行こうってんだね。結構なことだ。それに第一、面白いからねえ。」そう言って彼は、もう一度探るように僕の顔をみて、また何かノートに書きこんだ。「ところでお前さんの家には、狂人が出たって話は聞かないかね？」まるで事務的な調子なのだ。これには僕も、ひどくムッとした。「それも科学的興味だとおっしゃるんですか？」「まあ、そうだろうな、」と、まるで僕の感情など頭から無視してかかったような調子だ。「現地へ行って、人間の精神的変化を一人一人観察してみれば、ずいぶん面白いだろうと思うんだがね、しかしどうも――」

『「じゃ、貴方は精神病が専門なんですか？」と、僕は相手の言葉を抑えて言った。

「医者といえば、誰だってそうだろうねえ、——多少はね、」と、この変物は相変らず洒々《しゃあしゃあ》としたものだ。「実はあるちょっとした理論を考えてるんだが、それのまあ証明にだねえ、お前さん方出稼ぎ連中が、ちょうどいい材料になってくれるんだよ。わが国がこうも厖大な属領を持っているということにしてもだな、それが儂のためになる点といえば、精々それくらいのことだろう。金儲けなんてものは、儂はどうせ他人様まかせさ。いろんなことを訊いて、失礼なようだが、イギリス人じゃあ、儂の観察したお前さんが最初の人なんだよ……」だが、僕はあわてて、自分は決してイギリス人の型《タイプ》ではないから、と打ち消した。「もし私がそうならばですねえ、決してこんな風に、貴方と話しなんぞしやしませんよ。」すると奴さん、急に笑い出して言うのだ。「お前さんも仲々えらいことを言うね、だが、多分とんだ考えちがいというもんだ。まあ、腹を立てるのはよした方がいいねえ、天日に当るよりも、もう一ついけないことだからねえ。じゃ、御機嫌よう！　ええと、英語じゃなんと言ったっけ？　グッドバイ、ああ、そうだ、グッドバイ！　御機嫌よう。熱帯へ行きゃ、まず何よりも心を静かにもつことが肝要だね。」……そして奴さん、まるで警告でもするように、人差指を一本挙げてみせた……

「Du calme, du calme.《きをおちつけてな》 Adieu.《ごきげんよう》」

『ところで、まだ一つなすべき用事が残っていた……あのすばらしい伯母に別れの挨拶をすることだった。しかも行ってみると、途方もない上機嫌だった。お茶を一ぱい御馳走になって、――これも思えば、いつまた飲める茶だか知れたものではない、――そして御婦人の客間としては、趣味満点とでも申上げたい、落ち着いた応接室の炉傍で、僕等は長い間話しこんだ。ところが、打解けたこの話の中で、僕は自分がさる会社幹部の細君や、その他何人だか知らぬが、大勢の人間に対して、すっかり有能な人物で、――会社としては見つけものだし、――そうざらには見当る人間ではない、といったような紹介の仕方がされていることを知った。ところが、やれやれ、仕事というのは、あのピーピー笛を鳴らして走る三文蒸汽《さんもんじょうき》の船長様になろうというんだからな！ もっともそうは言っても、これでも労働者とちゃんと頭文字で書く、その端くれでもあった――ねえ、そうだろう。いってみれば、光明の使者か、幾分安手じゃあるが、十二使徒の出来損いくらいのものはあったはずだ。なにしろその頃は、そうした馬鹿々々しい話が、いくらでも印刷にもなり、口の端にも上っていたので、このお偉い伯母御なども、すっかりそうした囈言《たわごと》の波に揉まれて、足許をさらわれていた形だった。言い草がいいさねえ、「無智蒙昧な土民大衆を、その恐るべき生活状態から救い出す、」と仰しゃったからねえ。だが、それには有体に言って、とうとう僕も、うんざりしてしまった。そこで僕はちょっと匂わせてやった、でも、会社は、儲けが目的で仕事をしてるんですからね、ってね。

『だが、相手はいい気なものだった。「まあ、チャーリ、労働人《はたらきびと》のその値《あたい》を得るは相応《ふさわ》しきなり、（ルカ伝第十章第七節）って、そんなことさえ、お前もうお忘れかい？」と来た。それにしても女というものが、一切真実を見ようとしないのも、妙なもんだ。つまり、みんなめいめい自分勝手な世界に住んでいるのだが、そんな世界なんてものは、ついぞ一度だってなかったし、またあるわけのものでもないのだよ。あまりにも美しすぎるのだ。そんな世界を築き上げようとしても、たちまちその晩には、もう粉微塵に吹き飛んでいる。いわば天地創造の日以来、たえずわれわれ人間の運命につきまとってきた呪わしいあるもの（原罪の如きものか）が、たちまち立って、それを打ち壊してしまうからだ。

『それから僕は、抱擁を受け、ネルの下着を着ろだとか、できるだけ手紙を寄越すようにだとか、そういったいろんな注意を受けて、——別れを告げた。街へ出てみると、——何故かしらぬが、——なにか自分がかたりででもあるかのような気がして仕方がなかった。おかしな話だが、いつもならば丸一日の予告さえあれば、世界中どこへ行くにしても、まるで普通の人間が往来一つ横切るよりも、もっと軽い気持で出かけて行ったはずの僕が、ほんの一瞬間にせよ、――いや、逡巡とは言うまい、だが、それにしてもこんな日常茶飯事の前に、ハッとなって脚を止めたというのは、どういうことだろう。強いて説明すれば、一秒二秒の間ではあったが、なにか大陸の奥深く分け入るというよりは、むしろこの地球の奥底深く沈んででも行くような気がしたからだったとでも言おうか。

『僕はフランス船で出発した。向うでは、船は港という港を虱潰《しらみつぶ》しに寄って行くのだが、目的は、僕の見たかぎりでは、兵隊と税関吏とを上陸させる、ただそれだけのことらしい。僕は海岸を眺めてみた。過ぎ行く船の甲板から陸地を眺めることは、なにか謎でも考えるような興味がある。たとえば見わたすかぎり、――あるいは微笑む如く、あるいは威圧する如く、はたまたときには誘いかけるが如く、そのほか雄大、卑小、平凡、原始、それこそ興趣さまざまの陸地が、しかもすべて「来り見よ」と囁きかけないばかりに、沈黙を秘めているのだ。ところが、今見るここだけは、まるでまだ形成中のそれのように、ただ眼路《めじ》のかぎり単調な陰鬱さを示して、ほとんどなんの特徴もない。黒に近い濃緑色の巨大な叢林《ジャングル》の絶壁が、真白い波頭を縁飾として、遠く遠く紺碧の海に、まるで定規《じょうぎ》で引いた線のように、一文字に連なっている。海は、低く匍《は》いよる煙霧の中に、いぶし銀のように白く光っていた。烈しい太陽が照りつけ、陸地一帯は、水蒸気がキラキラと光って、滴り落ちるかに思われた。真白い寄せ波の向うに、ところどころ灰白色の斑点が群れ合って、多分その上に掲げたものだろう、旗が一つ空にはためいている。もう何百年にもなる居留地なのだろうが、原始そのままの広大な背景に比べれば、いまだにせいぜいピンの頭にしかすぎないものだった。

『船脚は悠然としたもので、港にとまっては、兵隊を上陸させる。それからまた行って、今度は税関吏を揚陸する。打ち見たところ、トタン張りの小屋が一つと、高い旗竿とが、やっと見えるだけで、あとは神の手からすら見放されたようなこの荒蕪地にでも、やはり取立てる積荷税はあるのであろうか。つづいてまた兵隊を揚げる——これは、おそらく税関吏の保護が目的なのだろう。中には波打際で溺死したものもあると聞いたが、彼等が死のうと生きようと、そんなことを気にするものは、誰一人いないらしかった。行く先々で上陸させるだけで、船はそのまま進んで行く。来る日も来る日も、陸地は、まるでわれわれが動いていないかのように、少しも変らない。だが、ずいぶんいろんな場所に寄港した、——貿易港——たとえばグラン・バッサム、リトル・ポポ（いずれもアフリカ西海岸、象牙海岸及び奴隷海岸地方の地名）などといった、あの毒々しい背景幕の前で演じられる、猥雑な茶番劇の中にでも出て来そうな名前の場所もあった。なにもすることもない乗客の無為な生活、そしてこうした人々の中にあって、彼等とはなに一つ触れ合うもののない僕の孤独、物倦い、油のような海、涯しなくつづく暗欝な陸地、それらは、僕の心をなにか憂愁に充ちた、そこはかとない妄想に押し包んで、物の現実というものから、はるかに遠く隔ててしまうように思えた。ときどき耳につく浪の砕ける音が、まるで兄弟の言葉をでも聞くような、大きな喜びだった。自然な、そして理性を持ち、意味をもった声のように聞えるのだ。

『ときに岸から漕ぎ出している小舟が、ほんの束の間ではあるが、人々の心をチラと現実に触れさせてくれる。漕ぎ手は黒奴《くろんぼ》だ。遠くからもう、彼等の白い眼球の光るのが見える。なにか大声に叫んだり、歌ったりしている。身体じゅう滝のような汗だ。顔は奇怪な仮面をそのまま——だが、彼等にも骨格、筋肉、そして激しい生活力はあるのであり、その激しい活動力は、あの岸に寄せる浪のように、自然であり、そして真実でもあるのだ。ここでの彼等は、完全に存在の理由をもっている。眺めているだけでも、大きな喜びだった。その間だけは、僕自身もまだまっとうな事実の世界の人間だという気がするのだった。だが、それも長くはつづかない。なにかが来て、そうした気持を追い払ってしまう。憶えているが、いつかも沖合に碇泊している一隻の軍艦に出会ったことがある。そこは一軒の家も見えず、軍艦は叢林《ジャングル》に向って、しきりに大砲を射ちこんでいるのだ。またしてもフランス軍が、どこか近辺で戦争をはじめていたらしい。軍艦旗は、襤褸《ぼろ》のようにダラリと垂れ、低い船腹からは、長い六インチ砲の砲身がズラリと顔を並べている。ねっとりした、油のようなうねりに、艦《ふね》は物倦《ものう》げに揺れ動き、そのたびに細い檣が烈しく傾いた。陸、空、海、際涯《さいはて》もなく展がる虚しい天地の間に、どうしたというのだろう、ひたすら大陸を目がけて射ち込んでいるのだ。パン、六インチ砲の一つが鳴る。小さな焔が閃いては消え、やがて小さな白煙が消える。そして可愛らしい弾丸《たま》が、微かな唸りを残して飛んで行く、――だが、ただそれっきりなんにも起らない。起るはずがないのだ。見ていると、なにか悲しい道化芝居でも見るような、一種狂気じみたものさえ感じられてくる。誰か一人傍にいた男が、見えないが、どこかあの向うに土人――なんと、彼は敵という言葉を使ったが――のキャンプがあるのだと、熱心に教えてくれたが、それでも僕には、どうしてもこの気持が消えなかった。

『僕の船は、軍艦に郵便物を手渡すと(いや、なんでもその艦では、毎日三人の割合で熱病に仆れているということだった)、また次へ進んで行く。それからまた幾度か、妙な茶番じみた名前の港へ寄港した。まるで過熱した墓窖《はかあな》を思わせるような、沈黙と土臭のする大気、侵入者を拒もうという大自然の意志のように、危険な渚《なぎさ》の涯しなくつづく索莫たる海岸、生きながら死相を湛えた大河の流れ、——それらの到るところで、死と貿易との陽気な舞踏がつづけられているのだった。河岸はいつとなく浸蝕に崩れ落ち、呑まれた泥土は重たげな濁流になって、扭《よ》じ曲ったマングローヴの林を侵していた。そして林自身は、まるで力ない絶望に、苦しげに身悶えしているかに見える。船はどこにも、これといった印象を刻みこむほどは泊らない。が、僕の胸には、妙に漠然とした、そしてなにか胸でも圧えられるような驚異が、いつのまにか、大きくひろがっていた。いわば悪夢の予兆の中をわけ入るとでもいうような、物倦い遍歴の旅だった。

『三十幾日目かに、僕ははじめて目的の大河の河口を見た。船は政庁のある町の沖合に碇泊した。だが、僕の仕事場は、まだそれから二百マイルばかりも先にあるのだ。支度ができると、すぐ僕は、三十マイルばかり上流の地点へ向って出発した。

『船は小さな海路用の汽船だった。船長はスウェーデン人だったが、僕が海員だということを知ると、わざわざ船橋《ブリッジ》へ呼んでくれた。痩せた、色白の無愛想な男で、細い髪をもじゃもじゃ伸ばし、歩くと足を引きずるような癖があった。船が佗しい小さな埠頭をはなれると、彼は岸の方を顧みて、さも軽蔑するように頭を振って言った。「住んでたんですか、あそこに?」僕はつい、ええ、と答えてしまった。「大した野郎どもだよ、あの役人って奴は——ねえ?」ひどく正確な英語で、そして激しい辛辣さを籠めて、彼は言葉をつづけた。「面白いもんですよ、とにかく一月二フランや三フランの金で、生命知らずの仕事をしようって人間もいるんだからねえ。そいつら、みんな奥地へ行っちまうんだが、まあ、どこでどうなっちまうもんだろうねえ。」で、僕は言った、なに、今にこの眼で見られると楽しみにしてるんですがね、と。「ほほう、そうかね!」と、彼は頓狂声をあげた。そして一方の眼は、相変らずきっと前方を注視しながら、例の足を引きずるように船橋を横切った。「まあ、あんまり高をくくらんことだねえ、」と、彼はまた言葉をつづけた。「この間もね、男を一人乗せてってやったが、奴さん、途中で首を縊っちまいやがった。こいつもスウェーデン人でしたよ。」「首を縊ったって! そりゃまたどうしてです?」と、僕は大声に訊いた。彼は相変らず前方を見つめたまま、「そんなこと、わかるもんか。この太陽がたまらなかったのかもしれんし、それともこの国そのものが、そうなのかな?」

『とうとう新しい河筋《リーチ》が開けて来た。切り立った巌壁、岸には堀り返された土の山、丘の上に並んだ家々、それから掘返しの跡や下り傾斜に、かじりつくように立ち並んだトタン葺きの家々などが、次第に現われて来た。どこか上流の方で早瀬の音が、人跡はあっても、ひどく荒涼としたあたりの空気をふるわせて、淙々の響を立てている。たいていは黒奴《くろんぼ》だが、大ぜいの人間が裸で、蟻のように動いていた。桟橋が一つ、河の中へ突出していた。ときどき眼も眩むような陽の光が、ギラギラする照り返しで、たちまちこうした景色全体を溺らせてしまう。「そら、あれがあんたの会社の出張所ですよ、」と、彼は、三棟ばかり、巌だらけの傾斜に建てられたバラック風の建物を指して言った。「荷物は上げるようにしてあげますからね。四箱だったっけかな？　じゃ、御機嫌よう。」

『上陸してみると、草原に汽罐《ボイラ》が一つ転がっていた。そして小さな径が丘の上へつづいている。径は、巌塊や、転がっている小形トロッコなどを避けて上っていた。トロッコは、車輪を空ざまにひっくりかえしたまま、捨てられていたが、車輪の一つは飛んでしまい、まるでなにか動物の死骸のように横たわっていた。さらに行くと、壊れた機械類や、赤銹《さ》びたレールが、積み重なったままに放り出されていた。左手にはちょっとした木立があって、日蔭を作っていたが、そこにはなにか、しきりに黒い物が蠢《うごめ》いているのが見える。坂は急だった。僕は眼をしばたたいた。右手の方で、角笛の音が聞えると、つづいて黒奴《くろんぼ》たちが駈けて行くのが見えた。鈍い、重苦しいハッパの音が地面を揺がして響くと、断崖から煙がムクムクと上ったが、そのまままた元の静けさに返った。巌の表面にはなんの変化も現われない。鉄道を敷いているのだ。なにもこの断崖が邪魔になっているわけでもなんでもない。だが、ただなんという目的もなく、このハッパかけだけをやっているのだ。

『背後でかすかな、鈴でも鳴るような音がして、僕は振り返った。黒奴が六人、喘ぎながら小径を一列になって上って来る。土を一ぱい入れた小さな籠を頭に載せ、棒を呑んだような姿勢で、のろのろと上って来る。一足踏むごとに、鈴のような音が鳴る。腰のあたりに黒い布片を纏っただけで、その端が尻尾のようにブラブラ揺れていた。肋骨といえば、一本一本数えられるし、手足の関節は、まるで綱の結び目のように膨れ上っている。一人一人、首に鉄鐶をはめられ、それが互いに鎖で繋ぎ合わされて、弛んだ部分が歩くたびに揺れては、あの韻律的な響をたてるのだった。断崖の方で、またしてもハッパが鳴った。そのとき僕はふと、あの大陸に向って砲弾を射ち込んでいた軍艦のことを思い出した。あれもこれも、同じ不吉な響だった。しかしこの人間どもを、どう考えてみても、敵だとは言いえまい。ただ彼等は罪人と呼ばれ、彼等の破った法が、あたかもあの炸裂する砲弾のように、彼等の頭上に臨んでいるだけだった、――彼等にとっては、それこそ海の向うから来た永久に解き難い神秘だったろう。痩せ衰えた胸は苦痛に喘ぎ、激しく開いた鼻孔は震え、眼は石のように丘の上を凝視していた。不幸な蛮人どもは、チラとも見ないで、まるで死のような無関心さをもって、僕の傍をすれすれに通って行った。

『この痛々しい一群の後からは、恭順蛮人の一人が、――いわばここに動いている新しい力の産物の一つなのだ――小銃をぶら下げてトボトボと上って行った。ボタンの一つとれた軍服の上衣を着ていたが、白人の姿を見ると、すばやく銃を肩に担ぎ直した。当然の用心だった。遠くから見れば、どの白人もたいてい同じように見えるのだ。僕が誰であるか、わかるはずがない。だが、たちまち安心すると、大きな、白い歯を見せてニヤリと笑い、囚人どもをチラリと見て、僕もまた彼の名誉ある任務の仲間だと見てくれたらしかった。なるほど、考えてみれば、僕もやはりこの崇高正義の大事業の端くれにはちがいなかったのだ。

『そのまま上るのをやめて、僕は左の方へ降りて行ってみた。丘を上る前に、あの鉄鎖の囚人たちをずっと先へ通り過ごさせようと思ったからだ。僕はなにも特に気の弱い男というわけではない。ずいぶん拳を揮って身を衛ったこともある。迷い込んだ生活が生活だ、必要とあれば、ずいぶん利害も考えずに抵抗したり、攻撃したこともある——攻撃も一種の抵抗だから、——暴力や、貪慾や、情慾の鬼みたいな奴も知っている。だが、奴等は、すべて頑丈で、元気で、血に狂ったような眼をした悪魔どもだった、そしてそいつらが、人間、——いいかね、人間をだぜ——支配し、そして駆り立てていたのだ。だが、僕はこの丘腹に立った時、すでに予見した、この眼も眩む激しい太陽の国、ここでやがて僕は、もっと臆病な、気の弱い、ただ貪婪《どんらん》で無慈悲な悪魔振りを衒《てら》っているだけの愚かな人間と相知るにいたるだろうということをね。しかも、そいつがいかに陰険な鬼だかは、やがて三、四カ月の後には、さらにそこから一千マイルも入った奥地で、僕はこの目で見て知ったわけだ。一瞬間僕は、警告を受けた人間のように、愕然として立ち止った。が、結局斜に丘を降り、さっき見た森の方へと降りて行った。

『僕は、誰かしきりに斜面に大きな穴を掘っているところを、わざと避けて通った。なんのための穴か、僕にはわからなかった。石切場でもなければ、砂掘場とも見えない。

ただ穴だ。罪人どもになにか仕事を与えようという、案外博愛的な動機から出ているのかもしれない。だが、もちろん確かではない。ちょうどその時、突然僕は、まるで山腹の傷痕といってもよい、ひどく狭い渓間に、危うく足を滑らすところだった。見るとそこには、居留地のために船で運んで来たおびただしい排水管が、ごろごろ転がっている。壊れていないのは一つとしてないのだ。ただ気紛れに、むやみと叩き壊したものらしい。とうとう森まで来た。僕は、ちょっと木蔭を歩いてみたかったのだ。だが、一足踏みこむや否や、まるで暗澹たる地獄《インフェルノ》にでも飛びこんだような気がした。どこか近くに渓流があるらしい。巌に激するらしい、単調な瀬音が、たえまなく憂愁に満ちた森の沈黙を動かしていた。風一つない。木の葉一つ動かない。聞えるものは、ただ神秘に充ちた——まるで動き出した大地の激しい足音が、にわかに聞え出したかのような瀬音だけだった。

『見ると木々の間に、なにか黒い人影が、あるいは蹲り、あるいは寝そべり、さては幹に倚り、地に匍いずり、仄暗い光の中に、あるものはくっきりと、あるものは半ば影のように、浮き出している。しかもそれは、明らかに苦痛と自棄と絶望との姿態なのだ。またしても段崖からハッパが轟いて、足下の地面がかすかに震えた。仕事はつづいている。仕事だ！　そしてこの森こそは、彼等助力者たちが静かに身を退いて、死を待つところだったのだ。

『じりじりと死を待っているのだ――一目見てわかった。敵でもない、囚人でもない、もはやこの世のものではなかった――ただ病苦と飢餓との黒い影、それが仄暗いこの森蔭に、雑然と転がっているのだ。表面はとにかく年期契約という合法手段で、海岸のあらゆる僻陬《へきすう》から連れて来られ、不健康な環境、慣れない食物に蝕まれ、やがて病に仆れて働けなくなれば、はじめてこの森蔭に匍い寄って休息を許されるのだ。瀕死の人影は、もはや風のように自由で――風のように痩せ細っていた。ようやく暗さに慣れた僕の眼は、木立の下に微かに光る眼を識別できるようになった。だが、その時ふと足許を見ると、すぐ僕の手の傍にも顔が一つあった。黒い骨ばかりの影が、片方の肩を立木に倚せて、長々と寝そべっていたが、やがて物倦げに瞼を上げると、落ち窪んだ瞳をじっと僕の方へ向けた。大きな、そして虚ろな眼、もはや視力のない白い光が、かすかに眼窩の奥に光っていたが、やがてそれも静かに消えて行った。若い、――まだ子供といってもいいくらいの男らしい――だが、奴等の年齢くらいわからないものはないのだ。僕は、ちょうどポケットに入っていた、あの船長からもらった堅パンを一つくれてやるほか、どうしてよいかわからなかった。彼の指はじっとそれを摑んだ――動きといえば、ただそれだけ、もはや瞳すら動かなかった。見ると、白い毛糸が一筋、首に巻きついている、――どうしたというのだろう？ どこで手に入れたものか？ 徽章か――装飾《かざり》か――護符《まじない》か――それともなにか縁起でも祝ったものなのだろうか？ いずれにしてもなにか考えあっての仕業なのだろうか？ いずれは海を越えて運ばれて来たにちがいないこの毛糸、それを今この黒い首筋のまわりに見ることは、なんといっても大きな驚きだった。

『同じ樹の近くには、まだ二塊、まるで海老のように両脚を折り曲げて蹲っていた。一人は両膝の上に顎を置き、瞳はなにを見るというでもない、とても二た眼と見られたものではなかった。今一方の亡霊は、まるでもう疲労に堪えないもののように、前額をじっと膝頭に伏せていた。その他にもまだあたり一面に、同じようなのがごろごろ転がっていた。そしてさながら虐殺か疫癘《えきれい》の図でも見るように、あらゆる悶死の姿態を示しているのだ。僕は慄然として立ち竦んだ。と、突然彼等の一人が四つん這いに起き上ると、河の方へ犬のように水を呑みに匍い出した。手ですくって、嘗めるように飲んでいたが、やがてカンカン日の照る中に、両脛を組み合わせて坐り直すと、しばらくしてあの縮れ毛の頭が、ガクリと胸許に垂れた。

『もはや森蔭を歩く気持はなくなってしまった。大急ぎで停車場の方へ急いだ。建物の傍まで来ると、ばったり一人の白人に出会《でくわ》したが、これはまたあまりにも垢抜けした服装《みなり》だ。僕ははじめなにか幻影ではないかとさえ思った。糊のきいた高い襟《カラ》、白いカフス、軽いアルパカの上衣、純白のズボン、垢一つつかないネクタイ、磨きあげた長靴。帽子は被っていない。油に光る頭髪を、櫛目もあざやかに分けて、白い大きな手に緑の裏を張ったパラソルをさしていた。とにかく驚いた男だった。そして耳の後にはペン軸を挟んでいる。

『僕は奇蹟のように現われたこの男と握手した。話を聞くと、会社の会計主任だということで、会計事務は一切この出張所でしているということだった。「ちょっと風を入れに、」——と、彼はそう言った——出て来たところだということだった。僕にはその言葉が、なにか机に噛りついた坐業をでも思わせるようで、妙に異様に響いた。いや、別にこの男のことなど、君たちに話す必要は少しもないのだが、ただこの時代の記憶と切っても切れない因縁にある、さる人物の名前を、僕がはじめて聞いたのが、この男の口からだったのだ。それはかりではない、僕はこの男を尊敬した。というよりは、彼の襟《カラ》、大きなカフス、櫛目美しい頭髪に感心したのだ。なるほど、ちょっと床屋のモデル人形という恰好はあった、だが、すべてがひどく弛んでしまっているこの国にあって、彼だけはきちんとした服装《みなり》をつづけている。それは一つの強さだといってよい。糊のきいた襟《カラ》、ワイシャツ擬《まが》いの鳥賊《いか》胸、それらは結局性格の強さを現わすものと言ってよかった。こちらへ来て、もうほとんど三年になる。それでよくこんな綺麗な亜麻服が着られるものだ、どうするのだと、ずっと後だったが、僕は聞いてみないわけにはいられなかった。と、彼はほんのり頬を染めたかと思うと、ひどく遠慮深げに答えた。「実はこの近所の土人の女を一人教えていたもんですからね。いや、大変でしたよ。なにしろ勉強などということは大嫌いなんですからね。」だが、こうして、とにかくこの男はなにかをやっている。しかもあのいつもきちんと整頓されている帳簿に対しては、これまた一切を捧げてやっているのだ。

『人間も、物も、建物も――出張所では、そのほか一切がごった返しだった。外輪《そとわ》で偏平足の薄汚い黒奴《くろんぼ》たちの行列が、ひっきりなしに来ては、また出て行った。おびただしい加工製品や、木綿屑や、ガラス玉や、真鍮線が、後から後からと奥地の闇に運び去られて行く、そしてその代りにあの高価な象牙が、少しずつ運ばれて来るのだ。

『僕はこの出張所で、十日間――永劫とも思える十日間だった――待たなければならなかった。構内の小屋に部屋をもらっていたが、混沌とした空気から逃げだしたいために、よく会計主任の事務所へ出かけた。板を水平に組み合せた建物だったが、合せ目がよく行っていないために、彼が机に向って仕事をしていると、首から足の先まで、細い光の縞ができていた。外を見るといっても、大きな鎧戸《ブラインド》を開けるまでもなかった。ここもひどい暑さだった。大きな蠅の群が物凄い唸り声をあげて、とまると、これがまた刺すなどという生易しいものではなかった。僕はたいてい床に坐って見ていたが、彼は高い腰掛にとまるように坐り、例の一点の隙もない服装《みなり》で、(それにかすかに香水の匂いまでさせていた。)なにか一心不乱に書いている。そしてときどき運動に立つのだ。病人を載せた車ベッド(どこか奥地から病気になって送られて来た代理人《エイジェント》だろう)が入って来ると、彼はちょっといやな顔をした。そして言った。「どうもこの病人の呻き声を聞いていると、気になって仕事もなにもできやしませんよ。それでなくてさえ、この土地じゃ書き誤りのないようにするのが、実際大変なんですからね。」

『ところで、ある日、ふと頭もあげないで僕に、「奥へお出でになると、きっとクルッって男にお会いになるでしょうがね、」と言ったことがある。クルッとは誰だと聞き返すと、なんでも一等代理人《エイジェント》だということだった。なんだ、そんなことか、とでもいったような僕の表情を見てとったのだろうか、彼は改めてペンを置くと、ゆっくり、「どうして、とても面白い人間ですよ、」と念を押した。つづいていろいろと訊いてみると、なんでも、今では象牙地帯のよほど重要な出張所を預っている男らしかった。「奥も奥も一番の端っこですがね。だが、象牙を送ってよこすことは大変なもんで、そこだけで、他の出張所全部と匹敵しますからねえ……」そう言って、また彼はペンを執った。病人はもうひどい重態で、呻く気力もなかった。しんと静まり返った中に、蠅の群が我物顔に翅を鳴らしていた。

『突然、大ぜいの人声と大きな足音とが近づいて来た。隊商《キャラヴァン》の到着だ。にわかに聞き馴れない、罵り騒ぐような激しい声が、羽目板の向う側で起った。運搬夫たちが、口々になにかしゃべっているのだ。しかもその騒ぎの中を、もうその日何十度目かのオロオロ声を挙げて、「絶え入らんばかりに」喚き叫んでいる主任代理人の悲痛な声が聞えた。……書記はのっそりと立ち上った。「なんという騒ぎだ、」と言いながら、例の悠然たる足取りで、部屋の向う側にいる病人をのぞきに行った。そして帰って来ると、「もう耳が聞えやしない」と言う。僕はギョッとなって訊いた、「なんだって？　死んだ？」「なに、まだまだ、」と、彼は相変らず落着き払ったものだった。そして首を一つ振って、中庭の騒ぎを指さすと、「とにかく正確に帳面をつけなければならんってことを思って見給え、誰だってあんな奴等は嫌いになる、――大嫌いになる、」と彼は言うのだ。それから、ちょっとなにか考えているようだったが、「ところで、クルッにお会いになったらばね、こちらは、」と、机の上をチラと見ながら、「万事上首尾だと、そう言ってくれませんか。私は手紙なんぞ書きたくない、――なにしろ、あの使いじゃね、たれの手に手紙が渡るもんか、――ええ、あの中央出張所でですよ、知れたもんじゃありませんからね。」言いながら彼は、あのやさしそうな出眼をあげて、ちょっと僕の顔を見た。が、またしても、「あの男は出世しますよ、えらくね。今にきっと幹部でも一廉《ひとかど》の人間になりますよ。いや、上の連中だって、――そう、ヨーロッパの重役会議のことですがね、――きっとそう考えてるにちがいない、」と、しきりに言うのだった。

『彼はまた仕事にかかった。外の騒ぎはやんだ。やがて部屋を出る時、僕はちょっと戸口で足を止めた。相変らずうるさい蠅の翅音の中に、送還されようとしている例の代理人は、紅潮した顔を見せて、昏々と横たわっていた。一方書記はとみると、相変らず帳簿の上にかぶさるようになって、あの正確きわまる出納を、一銭の間違いもなく書き込んでいた。そして戸口からすぐ五十フィートの足下には、静まり返った例の死の森が樹立の尖端を見せていた。

『翌日、とうとう僕はこの出張所を出発した。六十人の隊商と一緒に、前途は二百マイルの徒歩《かち》旅だ。

『その話をくどくどしても仕方がない。径、径、どちらを向いても径だ。人影一つない空虚の国を、踏み慣らされた小径が網の目のようについている。草野をよぎり、焼野をすぎ、叢林《ジャングル》を抜け、夏なお寒い渓谷を下るかと思えば、炎暑にぎらぎら光る石塊山《いしころやま》を上っている。寂寥、ただ寂寥、人一人見ず、小屋一つ見ないのだ。住民たちは、とっくの昔にいなくなってしまっている。そうだ、もしあの不可解な黒奴《くろんぼ》の大群が、ありとあらゆる恐ろしい武器に身を固めて、突然あのディールとグレイヴゼンド（いずれも南英の海港）間の街道へ現われたとして見給え、そして構わずそこいらの男を捕えては、重い荷物を背負わせるのだ。見るまに界隈は、小屋も農場も空っぽになってしまうに決っている。ただ、ここでは家までなくなってしまっているのだ。それでもいくつかは、人の住まぬ村を通り抜けたことがある。崩れ落ちて草生《むし》した土壁を見た時などは、妙に悲愴な、子供のような気持さえ感じたものだった。

『来る日も来る日も、僕の背後からは、あの六十人の跣足《はだし》の足音、しかも銘々が六十ポンドずつの荷を背負った足音が、あるいは踏みつけるように、あるいは引きずるように、聞えてくる。テント張り、料理、睡眠、テントの片付け、そしてまたしても行進だ。ときどき労役中に仆れた運搬夫の死体が、空になった瓢簞《ひょうたん》と、長い杖を傍に置いたまま、長い雑草の中に横たわっていた。あたりは恐ろしいばかりの静寂だ。静かな夜などは、どこか遠くで太鼓の音が、あるいは高く、あるいは低く、ふるえるように聞えてくることがある、——無気味な、訴えるような、そしてまた時には物思わせるような、時には物狂おしいような太鼓の音が、——そうだ、おそらくあの故国で聞く教会の鐘にも似た、深い意味を籠めて聞えるのだ。一度は白人が一人、道にテントを張っていた。武装した、ひょろ長いザンジバル土人を一人連れて、制服のボタンまで外して、——酒こそ飲んでいないが——ひどく陽気で、すっかり上機嫌に迎えてくれた。道路修復の監督をしているのだと言った。だが、それから三マイルばかり行った先で、思わず躓いて驚いたのだが、前額に弾丸痕のある中年の黒奴《くろんぼ》の死体、それをもし恒久の修復とでも考えるなら知らず、そうでもなければ、道だの、修復だのと、そんな言葉で呼べるようなものはなに一つなかった。他にもう一人、白人の同行者があった。ちょっと面白い男なのだが、なにしろ肉がつきすぎていて、あたり何マイルもの間、木蔭も水もない日盛りの山腹などで、ときどき昏倒してしまう困った癖がある。息を吹き返すまで、上衣を日傘のようにして、頭の上にかざしてやっているのは、大抵のことでなかった。とうとう僕は訊いてみたことがある。いったい何のためにこんなところへ出かけて来たのだ、と。

『「もちろん金儲けのためさ。どう、いけないかい?」と、彼は、いかにも侮蔑するように答えた。が、そのうちに先生、熱病にかかり、棒で吊したハンモックに乗って、担いでもらわなければならないことになった。なにしろ十六ストーン(二二四《ポンド》)はかかる大兵だもんで、僕はほとんどひっきりなしに運搬夫たちと大喧嘩だった。歩き渋るし、逃げ出すし、それに夜になると、自分の荷だけを持って、こっそりいなくなってしまうのだ。――暴動も同然だ。とうとうある晩、僕は手真似まじりで英語の演説を一つしてやった。手真似の方は、僕の眼の前の百二十の眼にてきめん通じたらしかった。果して翌朝は、ハンモックを担いで、おとなしく先に出発して行った。だが、一時間ばかりして、とある叢林《ジャングル》に来て見ると、なにもかも滅茶苦茶だ。――散乱したハンモック、毛布、そして本人はうんうん唸っている。ひどい光景だった。見ると、重い棍棒で鼻柱に傷を受けている。彼は仇敵《かたき》をうってくれ、としきりに言うのだが、もはやあたりには一人の運搬夫も見えなかった。僕は、突然あの医者の言葉を思い出した。「向うへ行った人間のね、心理状態の変化をじっと見ていると、科学的に実に面白いね、」と言ったあの言葉をね。僕は、なにか僕自身の中に、もうその面白い科学的変化が起りつつあるような気がして仕方がなかった。いや、こんなことは、どうだっていいがね。

『十五日目に、僕はふたたびあの大河のほとりに出、傷《いた》む足を引きずりながら、中央出張所へ辿りついた。雑木林に囲まれた淀みに臨んでいて、一方の側はひどい悪臭のある泥地につづき、他の三方は、壊れかけたガタガタの藺草《いぐさ》の垣でかぎられていた。垣の間にただ荒れ放題の断《き》れ目が一つ、それだけが唯一の入口だった。あたりを一見しただけで、もうどんなにだらしない男の経営か、明らかだった。長い棒を持った白人が幾人か、物倦げに建物の間から現われて、近づいて来て、ジロジロと僕の顔を見ていたが、またノロノロとどこかへ見えなくなってしまった。中に一人、長い鬚をした、頑丈な、ひどくせかせかした男がいた。僕が名前を名乗ると、たちまち恐ろしい能弁で、しかも度々脱線しながらも、とにかく僕の乗る船は沈んでしまったというようなことを言った。これには僕も驚いた。いったいどうしたというのだ？「なに、大丈夫だよ。支配人がいるからね。ちっとも心配することなんぞありゃしない。みんなよくやったよ、立派なもんだ」——そして彼は、いささか興奮の態で附け足した。「お前さんも早く行って、総支配人に会って来るんだねえ。待ってるよ。」

『沈んじまったという、いったいこれはどういうことなのだ？　咄嗟にはさっぱりわからなかった。今では、一応わかったつもりだが、もっとも本当はどんなものだったか、――全くそれは自信がない。だが、とにかく恐ろしく馬鹿げた事態にはちがいなかった。――今考えてみても、そう思う――普通自然なことではとうていない。今でも僕は、……だが、その時は、これはとんでもないことだと思った。船が沈んでしまったのだ。なんでも二日前、ある男がみずから船長を買って出て、支配人も一緒に乗り込んで、大急ぎで溯《さかのぼ》って行ったのだそうだ。だが、果して三時間と経たないうちに、巌礁にぶっつけて船底を破り、そのまま南岸近くに沈んでしまったという。かんじんの船が失くなってしまっては、僕はいったいどうすればいいのだと考えた。もっとも実際は、船を引き揚げるだけでも、仕事はあまるほどあった。早速翌日から、その仕事にかからなければならなかったし、さて引き揚げたあとは、バラバラに分解したのを出張所まで運んで、修繕するのに、かれこれ数カ月はかかった。

『僕ははじめて支配人に会ったが、ずいぶん妙な会見だった。朝から二十マイルは歩いて来ているにかかわらず、彼は一言も僕に坐れと言わないのだ。顔色も、容貌も、挙動も、声も、なに一つ特徴のない平凡な男だった。いわゆる中肉中背といったところ。眼は、よくある碧眼だったが、一見してその冷さが注意を惹いた。そしてその一瞥は、まるで斧のように威圧的に鋭く閃めいた。しかもそうした一瞥をくれる瞬間にさえ、彼の身体のすべて他の部分はまるでそれを否定するかのような冷さだった。そのほかにはなんともいえぬ微かな唇の動き、まるで人目を盗むような――薄笑い――いや、薄笑いとさえ言い切れない、――今でも僕ははっきり憶えているが、ただどうしても説明ができないのだ。いわば無意識の笑いとでも言おうか、ただなにか言った後だけは、ほんの一瞬間だが、はっきりとした笑いになる。なにか言い終った後には、決ってそれがくるのだが、あたかもそれは、自分でしゃべった言葉に自分で念を押す印判みたいなものだった。その途端に、なんでもない言葉までが、急に不可解な神秘の色を帯びてくるのだ。『素性といえば、若い時からこの辺の仕事に使われていたというだけで、あとは普通の貿易商人――ただそれだけだった。みんな彼の命令に従ってはいたが、といって親愛感も恐怖感も、いや、尊敬をさえ感じさせる男ではなかった。ただ不安を抱かせる。不安！　それなのだ。どうというはっきりした疑惑ではない――ただの不安――それだけなのだ。そうした――なんと言ったらいいか、その能力がだねえ、実際いかに効果があるものか、君たちにはとうていわかるまい。彼には組織の才も、創意の才も、いや、秩序整備の能力すらなかった。そのことは、紊乱《びんらん》をきわめた出張所の有様を一目視ただけで明らかだった。教育もなければ、頭もない。では、なぜ今の地位に上れたのだ？　おそらく病気をしなかったという、ただそれだけのことだろう……三年の任期を三回まで勤め上げているのだ。……ただ肉体だけが自慢のごろつきどもの中にあって、もし衆に絶した健康をもつとすれば、それだけで一つの力だった。休暇で本国へ帰った時などは、文字通り酒池肉林のダダラ遊びをやった。まさに船乗りの上陸だ――ちがうといっても、――それはただ外形だけのこと。そのことは、彼とちょっと話しただけですぐわかる。独創といってはなに一つない、ただ決りきった手順を踏襲して行く――それだけなのだ。だが、彼もまた傑物ではあった。彼のような人間を抑えることのできるものは、なんだろう、それがわからないというだけでも、傑物だった。彼もこの秘密だけは洩らさなかった。おそらく事実は、中身は空っぽだったのだろう。だが、そうは疑ってみても、やはりなにか気にはなる、――というのは、ここアフリカでは、なんとも外から確かめる方法がなかったからなのだ。

『一度いろんな熱帯病で、ほとんどすべての代理人《エイジェント》がやられたことがあったが、その時も彼は豪語した。「こんなところへ来る人間が、内臓《はらわた》なんぞもってるのが贅沢だ」と。そしてそのあと、印判みたいに、例の薄笑いを浮べて見せた。まるでそれは、彼の胸の奥にある闇黒への扉口をでも思わせるような薄笑いだった。たとえば奴の腹の中を読めたと思う、——だが、依然としてそれは、ちゃんと封印されているのだった。

『食事の時、いつも白人どもが上席を争って喧嘩するのを見ると、彼は命令して、途方もない大きな円卓を作らせた、そしてそのために、わざわざ特別の家まで作らせたという。それがこの出張所の食堂だった。とにかく彼の坐るところが上席で、——あとは一切上も下もない。それが彼の不動の信念らしかった。お世辞は言わないが、といって無愛想でもない。ただむっつり屋なのだ。彼のボーイ——海岸地方生れで、大食いの黒《くろ》ん奴《ぼ》の子供だったが——それが彼の眼の前で、白人たちに対して目にあまるような横柄さで応待していても、彼は別になんにも言わなかった。

『彼は、僕の顔を見るなり喋りだした。途中で僕がひどく手間取ったもので、待ち切れなくなって、僕を待たずに出発したのだという。なにしろ上流の出張所へ早く交代を送ってやる必要があった。でなくても、なにかと次々におくれてしまい、今では出張所員の生死も心許なかった上に、どんな風にやっているか、それもわからない有様だったから、——等、等と、止め度なく喋り出すのだった。僕の説明などには耳も藉《か》さない。封蠟の棒をいじくりながら、何度も、「とにかく事態は重大、きわめて重大だったのでね、」としきりに繰り返した。とりわけ一番大切な出張所が危険に瀕しており、おまけに主任のクルッが病気らしいという噂がある。嘘であればいいと思っているのだが、なにしろクルッというこの男は……といった工合で、僕はうんざりして腹が立って来た。チェッ、クルッがなんだ、犬にでも食われろだ、と思った。で、僕は、クルッさんのことなら、もう海岸で聞いて来ましたから、と言ってやった。「ああ、なるほど、下でももう問題になってるんだな、」と、彼はひとり呟くように言った。そしてまたしてもくどくどとはじめるのだ。あの男は代理人の中でもピカ一で、ちょっとあんな人間はほかにいない。会社にとってもなくてならない人間なんだが、こういえば俺の心配している理由もわかってくれるだろう、とそう言うのだ。

『「心配で、心配で、たまらないのだ、」とも言った。実際椅子にかけていても、ひどく落着かないらしく、とうとう「ああ、あのクルッが！」と叫んだかと思うと、封臘棒をポキンと折ってしまい、これにはわれながら呆気《あっけ》にとられたらしかった。そして次には、「修復はいつまでかかる……」と訊き出すのだった。だが、僕はもう一度言葉を遮って言った。腹は空いている上に、坐れとも言わないのだから、僕も大分気が立っていた。だから言ってやった。「まだ沈没船も見ていないのに、そんなことがわかるものか。三、四カ月はかかるに決ってますよ。」が、こんな話は、すべて僕には無意味に思えた。と、彼の方で言い出した。「三、四カ月? じゃ、かっきり三月というのはどうだ、出発できるまでな? そうだ、三月あれば、なんとかなるだろう。」「なんというお喋りの馬鹿野郎が!」と、僕は、悪態口を呟きながら、小屋を飛び出してしまった。(彼は一人で、ヴェランダのようなもののついた土小屋に住んでいたのだ。)もっともこの馬鹿というのは、後になって僕も撤回した。というのは、彼が見積った所要時間というのは、いかに精密な根拠に基いて計算されたものであるか、わかってわれながら驚いたからだ。『早速あくる日から、僕は、出張所のことなど一切相手にしないことにして、ひたすら仕事にかかった。そうすることだけが、なにか僕にとっては、たしかな人生の事実をしっかりつかんでいるような気のする唯一の生き方に思えたからだ。だが、それにしても時には、周囲を見まわさないわけにはいかない。すると、またしてもあの出張所であり、そして構内の日盛りを、当もなくブラブラ歩き廻っているあの連中なのだ。いったいなんだ、これは、と僕はときどき自問自答した。突拍子もない長い棒を持って、ただウロウロと歩きまわっている、まるで魔法にかけて不潔な囲いの中へ閉じこめられた破《は》戒無慙《かいむざん》の巡礼たちそっくりだ。「象牙」という言葉が、耳を打ち、溜息と一緒に囁き交されていた。まるで象牙に向って祈ってでもいるかのようだった。しかもその祈りの中には、あたかもあの死屍から発する腐臭にも似た、愚かな貪婪《どんらん》の臭いがただよっていた。ああ、僕は、これほどこの世ならぬ光景を見たことがない！　一歩外へ出れば、開かれたこの猫の額ほどの土地を囲んで、あるものはただ茫漠たる荒蕪の沈黙だけだ。それは、まるで罪業か真理の深さにも似た、圧倒するような大きさをもって、この滑稽な人間どもの侵入の、いつかは跡形もなく拭い去られるのを、じっと我慢強く待っているかのように思えた。

『おお、あの幾月か！　だが、なに、案ずることはない。いろんなことが起った。ある晩は、キャラコ、更紗、ガラス玉、その他さまざまの商品を一ぱいにつめた草葺納屋が、突然火を発した。まるで大地が復讐の火を吹いて、一切のガラクタ類を焼きつくすかに見えた。僕は裸になった船の傍に立って、静かにパイプをくゆらしていたが、火照《ほてり》の中を、人々は両手を振りかざし、狂気のようにかけまわっていた。と、突然、例の鬚を生やした頑丈な男が、バケツを提げて、一散に河の方へ駈け下りて来たかと思うと、

――「みんなよくやってくれる。立派にやってくれる、」と怒鳴りながら、水を一ぱいくんで、またしても駈け上って行った。だが、見ると、バケツの底には穴が開いているのだ。

『僕もブラブラ上って行ってみた。急ぐことはなにもない。小屋は、マッチ箱のように焼け落ちていた。てんで最初から望みはなかったのだ。焔は天に冲し、思わず人々がたじろぐ間に、火は明々とあたりを照し出して、――やがてまた衰えてしまった。小屋はもう真赤に燃える灰燼の塊になってしまっていた。と、傍で黒奴《くろんぼ》が一人、しきりに鞭たれている。どうかして、この男が火を出したのだということだったが、それはとにかく、彼はほとんど絶え入らんばかりに号泣していた。その後僕は、何日間も、彼が日蔭に衰弱した身体を横たえて、回復を図っているのを見た。が、やがてある日、立ち上ると、そのまま行ってしまった、――物音一つしない荒野の沈黙が、ふたたび彼を呑んでしまったのだ。ところで、暗闇の中から火の方へ近づいて行くと、ふと僕の前で、二人の男がなにか話し合っているのに気がついた。そしてクルツという名前が、そしてその次には、「この災厄につけこんで、」というような言葉が聞えた。一人は支配人だった。僕は、今晩はと声をかけた。彼は、「こんな馬鹿馬鹿しいことを見たことがあるか――

ええ？　真実《ほんとう》とはとても思えない、」と言ったまま、さっさと行ってしまった。今一人の方は残っていたが、それは一等代理人《エイジェント》だった。まだ若く、紳士然として、ちょっとはにかみ屋のところもあったが、ひどい鷲鼻で、それに尖が二つにわかれた小さな鬚を蓄えていた。他の代理人たちに対しては、高くとまってよそよそしかったので、彼等の方では、きっと支配人のスパイにちがいないとも噂していた。もっとも僕自身は、ほとんど言葉を交したことがなかった。ところで、僕等は話しながら、まだプスプス音を立てている焼跡を後に、ブラブラ歩き出した。すると彼が、自分の部屋へ寄って行かないかと言うのだ。部屋は出張所の本屋にあった。彼はマッチを擦った。見ると、この貴公子先生、銀作りの化粧箱から、個人用の燭台まで専有しているのだ。とにかくその頃では、燭台を持つ資格のあるのは、支配人だけだった。泥壁の上には、土人の蓙《ござ》が張ってあり、槍、投槍、楯、小刀といった分捕品がぶら下っている。この男の仕事というのは煉瓦作りだ——と僕は聞いていたのだが、出張所のどこを見ても、煉瓦らしいものは断片一つ見えなかった。しかもここへ来てからもう一年以上、——待っていたという。煉瓦を焼くのに、足りないものがあるということらしい、——なんだかは知らない、——あるいは藁だろうか。だが、とにかくここにはないものだというし、しかも本国からも届く見込みはないと聞くと、僕には、いったいなにを待っているものか、よくわからなかった。おそらくなにか特別任務とでもいうのだろう。だが、とにかくみんな——そうだ、彼のような「巡礼」が十六人だか、二十人だか——なにかを待っているのだ。様子を見ていると、まんざら悪い気持でもないらしい。ただ不幸にして、彼等の酬いられるものといえば、——僕の見るかぎりでは、——病気だけにすぎなかったようであるが。彼等は互いに、蔭口をきいたり、陰謀をめぐらし合ったりしては、馬鹿な暇潰しをやっていた。いわば出張所全体に、なにか陰謀じみた気配が充ち充ちていた。もっともそのために、実際なにか起るというようなことは、もちろんないのだが。そもそもここのもの一切——たとえば、事業の経営それ自体が、なにか博愛精神ででも行われているかのような口実、それから彼等の口にする言葉、経営法、そしてちょっと見た彼等の仕事振り、等々——そうした一切がそうであるように、この陰謀気配もまた、結局は空しい影にすぎないのだ。ただ一つだけ真実な感情といえば、それは、なんとかして象牙が集り、手数料のとれるような交易地へやってもらいたいことだった。そのためにこそ、互いに陰謀をめぐらし合い、中傷し合い、憎み合っているのだった——だが、さて実際に指一本でも動かして、その効果を期するということになると——ぜんぜん問題にならなかった。

要するに、この世の中という奴には、甲が馬を盗むのは黙ってじっと見逃しているくせに、乙の人間は、端綱《はづな》一つに目をつけるだけでもいけないという、そういったなにかがある。いっそ一と思いに馬を盗んでしまうがよい。やってさえしまえば、あとは乗り廻すのは勝手なのだ。ところが、一方では、わずか端綱一本に目をつけたばかりに、世にも寛大な聖者をさえ、目に角立てて怒らせてしまうこともある。

『僕には、彼がなぜそう僕に近づきたがるのか、一向にわからなかった。だが、中へ入って話しているうちに、突然僕は、奴め、なにか僕から嗅ぎ出そうというのだな、――いや、現にもう鎌をかけているのだな、と気がついた。というのは、またしてもヨーロッパの話だとか、そして僕が向うで知っているはずの人物の話だとかを持ち出すのだ――たとえば、あの墓場のような都会(パリのこと)にいる僕の知人たちについて、しきりに誘導的質問を持ち出すとか、そういった類だ。表面《うわべ》こそ横柄ぶった様子をしているが、彼の小さな眼は、好奇心で――まるで雲母板のように輝いていた。最初は僕も驚いたが、まもなくいったいこいつは、なにを聞き出そうというのだろうかと、むしろその方が面白くなってきた。僕の知っていることで、彼の役に立ちそうな事柄などは、どう考えてみてもなかった。かえってハタと困っている彼の顔を見る方が、はるかに面白かった。

なにしろ僕の態度は冷淡そのものだったし、頭は頭で、あの情ない沈没船のことで一ぱいだった。彼にしてみれば、明らかに僕をぬけぬけと、恐ろしく言抜けのうまい男とでも考えたらしい。とうとう腹を立ててしまった。が、それでも激しい憤懣を隠すつもりか、大きな欠伸《あくび》を一つした。僕は立ち上った。と、その時だったが、僕は鏡板の上に、一枚の小さな油絵を見た。身体にはなにか寛い布を巻き、目隠しをされて、手には炬火《たいまつ》をもった女の絵だった。背景は、薄暗い――いや、ほとんど真黒だったろう。女の動きはいかにも物々しく、顔に映える炬火の火が、異様に不吉な効果をあげていた。

『思わず僕は惹きつけられた。彼は、蠟燭をさしたシャンパンの小瓶(医薬用のあれだ)を手にして、静かに僕の傍に立っていた。訊いてみると、例のクルツが描いたもので、――しかも一年あまり前、この出張所で、――受持の交易地へ立つ便船を待つ間に描いたものだということだった。僕は、「ねえ、君、いったいそのクルツというのはどんな人間なんだね?」と訊いてみた。

『ところが、彼は、そっぽを向いたまま、「なに、奥地出張所の主任だよ、」と、ひどく無愛想な答えだった。「いや、どうも恐れ入った、」と、僕も笑いながら言ってやった。「なるほど、そこで君は、中央出張所の煉瓦屋さんてわけだね。そんなことくらいは誰だって知ってるからね。」彼はややしばらく黙っていたが、とうとう、「こいつはね、どうして大した奴なんだ、いわば憐れみと、学問と、進歩と、その他なんだか知らんが、そうしたものの使者なのだ。われわれ、ここじゃね、」と、急に彼は一段と声を励まして言った。「本国から委せられている仕事、そいつを巧くやって行くには、そうだな、一流の智能と、広い同情と、不退転の意志とが必要なんだよ。」「誰がそう言うんだね？」と、僕は訊いた。「誰だってみんな言ってるよ。ちゃんと書いてる奴だっているんだ。で、まあ、そんなわけで、奴はここへ来てるんだが、奴だけはちょっと特別な人間だな。これだけは、ぜひ知っておくんだな。」「なぜだね？」と、これには僕も驚いて、訊いてみた。が、彼は一向僕の質問には耳を藉さないで、「そうだ、奴の主任をしてる出張所というのは、今でもこの辺では第一だし、まあ来年は支配人代理ってところかな。それでまた二年もすりゃ……いや、二年すればどうなるか、言わなくてもわかってるだろう。君はまだ新米組の一人で——善人組ってところさ、ね。そうだ、そういえば、奴を特別のお眼鏡でここへ寄越した同じ野郎どもがね、君のこともやっぱりひどくほめて来てたっけ。なに、そう取消すことはないよ。俺だって、ちゃんと眼があるんだからな。」やっと僕にも事情がわかりかけてきた。伯母のいわゆる顔の利く知合いという連中が、この青年に対しても、これはまた思いもかけない顔を利かせていたのだった。僕は危うく噴き出すところだった。そこで、「君は会社の機密文書でも読んでるのかい？」と逆襲してやった。彼は一言もなかった。大いに愉快だった。で、僕はもう一つ追いかけて、「これでそのクルッとやらが総支配人にでもなってみろ、いいか、君の前途はあがったりだぜ、」と言ってやった。

『突然彼は蠟燭を吹き消した、そして僕等は外へ出た。月が上っていた。黒い人影が物倦げに動きながら、灰燼に水をかけている。その度にジュッという音が聞えて来るのだ。水蒸気が音もなく月光の中に立ちのぼり、どこからかあの鞭たれた黒奴《くろんぼ》の呻きが聞えている。「やかましい、うるせえ野郎だ！」と、例の鬚を生やした男が突然現れて怒鳴った。疲労を知らない恐ろしい男だ。「ざまあ見ろだ。悪いことをすりゃ、罰だ、ピシッとな。冷酷だ、冷酷にやるにかぎる。こうして置きゃ、今後はもう火事も出まいからな。俺は今も支配人に会って……」が、その時ふと僕の連れに気がつくと、たちまち目に見えて悄気《しょげ》返《かえ》ってしまった。そして、「まだお寝みになりませんでしたか？」と、それはもう卑屈きわまる鄭重さだった。「いや、御尤もで、ハア、なにしろ危険もあり……それにこの騒ぎでございますからねえ、」と言いながら、そそくさと姿を消してしまった。僕は河の方へ降りて行った。青年も相変らずついて来る。が、その時ふと耳許に、チェッ腰抜けどもが！　と嚙んで吐き出すような呟きを聞いた。見ると、あの「巡礼」どもが寄り集って、しきりに手真似身振りでなにか論じ合っているのだった。中には、まだあの棒を持っている奴もいる。実際奴等は、寝床の中までも持って入るのではないかと僕には思えた。囲いの向うには、月明りの中に森影が、亡霊のように黒々と聳えていた。影のような人の蠢《うごめ》きと、中庭から聞える幽かな物音を通して、大陸の沈黙――そうだ、その神秘と、巨大さと、そしてその奥に秘められた驚くべき生命の真実とが――ひしひしと胸の底に迫って来た。どこか近くで、鞭《むちう》たれた黒奴《くろんぼ》が幽かな呻きをあげていたが、やがて一つ深い大きな溜息が聞えた。僕は思わず足を早めて、そこを離れた。ふと気がつくと、誰か僕の腋の下に手を入れるものがある。「ねえ、君、」と、例の彼が言うのだ。「誤解されちゃ困るんだ、とりわけ君にね。なにしろ君は、僕よりずっと先にあのクルツに会うんだろう。僕はあの男に僕の気持を誤解されるのは困るんだ……」

『僕は、張子細工のこのメフィストに、いくらでも勝手に喋らせておいた。こいつの横腹に指でも突っ込んでみろ、中からは、ほんのちょっぴり、泥渣くらいが出て来るのが関の山なんじゃないか、とそんな風に思った。ねえ、君、つまり奴は、今の支配人の下で、そのうち副支配人にでもしてもらう魂胆だったんだな。それがクルッに来られたんで、二人とも大ガッカリってわけだったんだねえ。僕はそう見た。彼は恐ろしい勢いでなにか喋っていたが、僕はとめようともしなかった。河の巨獣の死体のように、河岸に引き上げられている沈没船の残骸に、僕はじっと肩を寄せかけていた。泥臭い、太古の泥の臭いがプンと鼻をつき、原始林の静寂が高々と眼の前に聳えていた。黒い支流の水面には、光の斑点が白々と落ちていた。生い茂った草叢《くさむら》の上にも、泥土の上にも、縺れ合って、寺院の壁よりも高く伸びた草垣の上にも、そしてまたあの仄暗い木下闇を通して、キラキラと輝きながら音もなく流れて行く広い河の面にも——万象の上に、月光がその薄い白銀の膜を投げかけていた。人は徒らに彼自身にかまけ、囈言《たわごと》を繰り返しているのに対して、これはまた期待に充ちた、偉《おお》いなる沈黙だった。われわれ二人を眺めているこの大自然を包む沈黙、果してそれは、われわれに何物かを訴えているのであろうか、それとも威嚇しているのであろうか？　この奥地に迷いこんで来た俺たちとは、そも何者だ？　この沈黙を支配するのが俺たちか？　それとも逆に、沈黙に操られているのが俺たちか？　この物言わない沈黙、そしておそらくは耳も聞えない沈黙の巨大さ、呆れるばかりの巨大さを、僕はしみじみと思った。そこにはなにがあるか？　多少の象牙が積み出されるということ、そして例のクルッが駐在しているということは、僕も見聞《きき》して知っていた。むしろ本当に、――堪能するほど聞かされていた。そのくせどうしたものか、少しもはっきりした印象としては浮んで来ない。――ちょうどそれは、天使か、悪魔の住んでいる場所だと教えられたも同然だった。信じるには信じたが、それは火星には住民がいると言われて、なるほど、そうかと思うかもしれない、それとまったく同じだった。かつて僕は、火星に人類が住んでいると確信、いや、盲信している帆作り職人のスコットランド人を知っていた。だが、それならば、どんな顔をして、どんな動き方をするのだと問い返してみると、いつも彼は真赤になって、さあ、それは四つん這いかななどと、ボソボソ口ごもるのが常だった。そのくせ、僕等が笑いでもしようものなら、――いいかね、六十男がだよ――それこそ決闘でもしかねまじい勢いなのだ。僕は、クルッのために決闘するなど、もちろん思いもよらなかったが、それでも不思議なことに、彼のために半分嘘をついてしまったようなものだ。知ってるだろうが、僕は嘘が嫌いだ、大嫌いだ、思っても堪らない。なにも僕が他の人間より正直な人間だというわけではない、ただ僕は嘘が怖いのだ。嘘といえば、僕にはなにか死の匂い、滅亡《ほろび》の呼吸《いぶき》が感じられる、――そしてこれこそ僕のもっとも恐れ憎む、――そして切に忘れたいと思っていることなのだ。まるで腐ったものでも嚙んだような、胸苦しい不快を感じるのだ。気質なのだろう、きっと。ところで、話は戻るが、その嘘を、僕はほとんどついてしまったも同然だった。というのは、この愚かな青年が、ヨーロッパでの僕の顔についていて、途方もない妄想を信じこんでいるのを、そのまま黙って聞いていたんだからね。いわば一瞬にして僕自身も、あの呪われた「巡礼」どもと同じ、虚偽の塊に転落し果てたわけさ。それというのも、僕としては、そうした方が、まだその時は見も知らなかったが、なにかあのクルツのためになるのではないかと、そんな気がしたからにすぎない、――いいか、わかるね？　僕にとっては、彼はまだ一片の言葉でしかなかった。君等も同じこと、ただ名前を聞いただけで、人間まではわからないからね。どうだ、君たちは彼の姿が眼に浮ぶか？　つまり、この話が本当にわかるか？　なんでもいい、とにかくわかるかというのだ。そうだ、僕は、なにか君たちに夢の話をしているような気がする――空しい努力をねえ。そうじゃないか、いくら夢の話をしたところで、あの夢の感動、――ちょうどそれは、反乱時の恐怖にでも見るような、愚かさと驚きと困惑との乱れ合った興奮、またなにか全く不可解な神秘に捕えられたようなあの気持（夢の本質というのは、すべてそれなんだが）、そういったものは、とうてい伝わるはずはないのだからねえ……』

マーロウは、ここでしばらく沈黙した。

『……そうだ、不可能だよ。たとえば人間生存のある一時期の生命感だね——これこそ人間生存の真実であり、意義であり、——そしてまた霊妙神秘なその本質だと思うんだが、——さて、それを他人に伝えるということになると、ついに不可能なんじゃないかねえ。不可能だよ。われわれの生も、夢と同じだ、——孤独なんだよ……』

じっと反芻するように、またしても言葉を切った、そして付け加えた。

『もちろんその辺の消息は、その頃の僕よりも、今の君たちの方が、ずっとよくわかってるだろう。なにしろ僕は御承知のように……』

日はとっぷりと暮れていた。われわれ聴き手の顔も、お互いもうほとんど見えなかった。もうしばらく前から、一人離れて坐っている彼は、私たちにとっては、ただ声だけだった。誰一人口を切るものはない。他の連中は、みんな眠っているのかもしれない。だが、私は眼を覚ましていた。聞き耳を立てて聴いていた。水の上の重苦しい夜気の中を、なにか人間の口からではなく、自らにして流れ出すように聞えてくる彼の物語に、私の心はいつのまにか一抹のかすかな不安を覚えはじめていたが、もしかしてその不安に手掛りでもあたえてくれるような言葉もがなと、私は一心に聞き耳を立てて聞いていた。

『……そうだ――僕は奴に勝手に喋らせておいた、』と、マーロウはふたたび話をつづけた。『そしてどんな力が、僕を背後から押しているか、そんなことも勝手に想像させておいた。そうなんだ。ところが、本当はなんにもありゃしない！　あるものは、ただ倚りかかっている、みじめに古ぼけた、壊れた船だけじゃないか。しかも相手は、依然としてペラペラと、立身出世の必要について論じ立てているのだ。「人間こんなところへ来るというのは、なにもお月様を眺めに来るんじゃないからね、そうでしょう、」といった工合。彼の論法で行くと、「そりゃクルツは絶対に天才《ユニヴァーサル・ジーニャス》ですよ。だが、いくら天才だからといって、適当な道具――つまり「利口な人間」を使って仕事をやれば、よっぽどその方が楽なはずだ。俺は、なるほど、煉瓦は作っていないと、――だが、なぜだ、それは？　これは君も知っている通り、――物がないからできないというだけのことだ。そこで代りに、支配人の秘書をやっているわけだが、要するにこれは、いやしくも上役の信任を理由なく拒むなどというのは、思慮ある人間のすべきことじゃないからというにすぎん。わかったかね、君？　わかったろう。わかったら、それ以上なに不足があるんだ？　そうだ、ほんとに君の欲しいのは、リベット(鋲)だったねえ！　リベット！——仕事、つまり、船の孔を塞ぐための——リベットが要るというんだろう。リベットなら、海岸へさえ行けば、いくらでも箱になって——山のように積まれてるよ、——中には箱が壊れて——こぼれ出しているのさえあるさ、ね！　あの丘の中腹の出張所の中庭でも歩いてみるがいい、一足ごとに、散らばったリベットを靴の尖で蹴っ飛ばすから。あの死の森にだって転がっているはずだ。ほんの身を屈めるだけで、結構ポケットに一杯になるくらい拾えるから、——ところが、それが、かんじんの必要なところには、一本もないんだねえ。鉄板の方は、なんとか役に立つのがある。ところが、そいつを締めるものがないのだ。毎週一回は黒奴《くろんぼ》が一人、郵便袋を肩に、杖をついて、使いに海岸まで下って行くし、おまけに一週に何度かは、海岸地方の隊商が、——見ただけでもゾッとするようなテラテラ光るキャラコ更紗や、一ペンスで六合がものは買えそうな安ガラス玉、呆れるような斑入《ふいり》模様の木綿ハンケチなどと、そういった商品を持ってやってくる。だのに、リベットだけは届かないのだ。なに、船を浮かせるに要るくらいのものは、人夫の三人もあれば、結構持って来られるんだよ、ね。」

『そんな風で、彼の方では、すっかり腹を割って打ち解けてきたが、相変らず煮え切らない僕の態度に、とうとう腹を立てたらしかった。というのは、「では、念のために申上げておくが、僕は神も悪魔も恐くない人間だ、ましてただの人間など屁とも思うもんじゃないからね、」などと言い出したからだ。そこで僕も言ってやった、――「それはよっくわかっている、だが、欲しいのは少しばかりのリベットだ、――それにそのクルッとやらにしてみても、もしわけさえ知れれば、本当に入用なのは、リベットに決っている。今じゃ毎週海岸まで手紙が行ってるはずじゃないか?」……と、奴も負けてはいない。「ところがね、先生、私は、ただ支配人の口述通り書いてるだけなんですからね、」と言うのだ。僕も言い返したね。「僕の欲しいのはリベットだよ。なんとか道はあるはずだ――頭のある人間ならばねえ。」すると、どうだ、彼の態度が変ってね、ひどくよそよそしくなったかと思うと、だしぬけに河馬の話をやりだしやがった。そして僕にね、船の上で寝ている時など(というのは、僕は昼夜兼行で引揚作業に従っていたからなのだが)、河馬に驚かされることはないかと言うのだ。なんでもだいぶ年を老《と》ったのが一匹いて、しばしば岸へ這い上り、夜なか出張所の構内を歩きまわる悪い癖があるというのだ。「巡礼」たちが束になって飛んで出て、手当り次第に小銃を射《ぶ》っ放すのだが、そのためには夜通し起きて見張っている連中もいたそうだ。だが、すべて無駄だった。彼は言ったね。「あん畜生、どうも不死身ってやつだね。ところが、不死身なんてのは、この国じゃ畜類だけのことでね、あいにく人間にゃ、――ねえ、そうでしょう――一人だっていやしない。」言いながら、彼は、例の華奢《きゃしゃ》な鉤鼻《かぎばな》を心持ち斜に、そして雲母板のような瞳を、瞬き一つしないで、キラキラ輝かせながら、一瞬月光の中に立っていたが、突然ひどく不愛想に、「お寝み」と一言いうと、そのままスタスタと大股に行ってしまった。明らかにひどく動揺、困惑の体だったが、おかげで僕の方は、数日来はじめて楽しい気持になれた。とにかくあの男から解放されて、益友ともいえる、壊れ歪んだあのぼろ汽船《ぶね》と一緒になれると思うと、楽しかった。

『甲板に上って見た。まるでそれは僕の足の下で、ハントリ・パーマー商会製ビスケットの空罐を、溝《どぶ》の中で蹴転がして行くような音を立てた。いや、あれほどの頑丈さもなければ、形だって、どちらかといえば貧相なくらいだったが、僕はせっせと彼女の修復をやっているうちに、愛情が移ってしまったのだ。実際僕にとって、これほど役に立った益友はない。第一、こんなところへ出かけてくるチャンスを与えてくれた、――いってみれば、人間自分の力を知るまたとない機会を与えてくれたのだ。なにも僕が仕事好きだというわけじゃない。むしろブラブラしながら、なにかできそうな素晴しい仕事でも、ボンヤリ空想している方がよっぽど楽しいのだ。なにも仕事好きじゃない、――誰だってそうさ、――ただ僕にはね、仕事の中にあるもの――つまり、自分というものを発見するチャンスだな、それが好きなんだよ。ほんとうの自分、――他人のためじゃなくて、自分のための自分、――いいかえれば、他人にはついにわかりっこないほんとうの自分だね。世間が見るのはただ外面《うわべ》だけ、しかもそれさえほんとうの意味は、決してわかりゃしないのだ。

『その時ふと気がつくと、誰か船尾の方に、両脚を泥の上にブラブラ垂らしたまま、蹲っている男がいる。別に驚きはしなかった。僕はね、出張所にいた二、三人の機械工とは、ずいぶん仲よくしていた。行儀が悪いからだろうが、――あの「巡礼」たちからは、当然ひどい軽蔑を受けていたらしいのだ。今もそこにいたのは、職工頭で、――仕事は汽罐《ボイラ》造りだが――いい腕の職工だった。大きな、熱情的な眼をして、黄色い顔色の、痩せた、骨と皮のような男だった。なにか悩みでもありそうな様子で、頭はすっかり僕の掌のように禿げ上っていた。ところが、その抜毛が、落ちる拍子に顎に引っかかって、そこで新しくまた蕃殖したとでもいうのだろうか、鬚と来た日には、なんと腰まで垂れていた。小さい子供を六人のこされて、男やもめだということだったが(その子供たちは、妹に預けて出て来たのだという)、道楽はもっぱら伝書鳩飼いだった。その点じゃ恐ろしい熱心家で、大した玄人《くろうと》でもあった。鳩の話といえば、いつも夢中になって喋った。仕事のすんだ後など、わざわざ小屋から出て来て、子供と鳩のことを一席弁じて行くのだった。作業中、船底の泥の中を這いまわらなければならない時などは、そのためであろう、ちゃんと用意して来ている白いナプキンようのもので、すっかり例の鬚を包んでしまう。両耳にかける環までついているのだった。よく晩など、川縁にしゃがみこんで、入江の水でその布片を念入りに洗い落し、いかにも大事そうに、灌木の上に展げて乾かしているのを見た。

『僕は、いきなり一つ背中をたたくと、「おい、リベットが着くぜ、」と怒鳴ってやった。と彼は、ムクムクと起き上って、まるで自分の耳が信じられないかのように、「なに、リベットだ!」と大声に叫んだ。が、またすぐ声を落すと、「本当かね、……あんた?」と附け加えた。ところで、あの時僕等二人が、なぜあんな狂態を演じたものか、僕にもわからない。僕は指を鼻側にあてると、いかにも仔細ありげにうなずいて見せた。「お目出とう!」と、彼は、指を頭上でパチンと鳴らすと、いきなり片足を蹴出しながら叫んだ。僕もついて踊り出した。鉄板張りの甲板で、二人は踊り狂った。恐ろしい噪音が、廃船からガンガン鳴り出したと思うと、今度は入江の向う岸の原始林から、まるで遠雷のような反響が、眠りに落ちた出張所の上に寄せ返してきた。「巡礼」たちの中にも、小屋の中で眼を覚ましたものがあるらしい。灯りのついた支配人の小屋の玄関口に、誰か黒い人影が一つ現れて、消えたようだったが、やがて一、二秒ののちには、玄関口自身が闇の中に消えてしまった。僕等は踊りをやめた。と、急にまた、僕等の足音で蹴散らされていた沈黙が、ずっと遠くの奥から、波のように押し返してきた。月明の中に凝然とそそり立つ森の障壁、——樹幹、枝、葉、花綵《かさい》と、それこそ心ゆくままに生い繁り、もつれ合った巨大な塊が、まるで声なき生命の襲来か、それとも打ち返す植物の怒濤かと見えた。層々と押し重なり、波頭を押し立てて、今にも入江に崩れかかり、虫けらにも似たわれわれ人間の生命などは、それこそ一瞬にして押し流さんず気配だった。だが、壁は凝然として動かない。どこか遠くから、まるであの魚竜《イクシオソーラス》が月光の中に水浴でもはじめたかのような、恐ろしい水音と激しい鼻嵐が、静寂を破って起った。「そりゃねえ、来ないって道理はないですからねえ、」と、突然汽罐《ボイラ》造りが物静かな声で言った。あたりまえだ！　来ない道理はないのだった。「三週間もすれば来るからね、」

と、僕は自信を籠めて言った。

『だが、無駄だった。リベットの代りに、侵入が、嵐が、災厄が襲ったのだ。三週間の間に、それは幾つにもわかれてやって来た。どの組もどの組も、新調の服に赤靴をつけた白人が、驢馬《ろば》に乗って先頭に立ち、恐れかしこまる「巡礼」どもに、驢馬の上から傲然と左右に会釈を送った。足を痛め、ひどく不機嫌な黒奴《くろんぼ》たちが、なにか騒然と罵り合いながら、驢馬の後をゾロゾロとついて来た。おびただしいテント、腰掛、ブリキ罐、白い箱、黒い梱などが、ドンドン中庭に放り下され、ゴタゴタした出張所になんとなく神秘な気配が深まって行く。そうした分隊が五つは来た。突飛な聯想だが、なにかそれは、無数の雑貨店、食糧品店を襲い、公平な獲物の分配のために、掠奪品を積んで、今しも荒野の奥へと急ぐ掠奪隊をでも思わせる、まことに手のつけられぬ混乱ぶりだった。それ自身は別に見苦しくもなんともない光景なのだが、ただ人間の愚かさから、まるで劫掠の獲物でも運んでいるように見えるのだ。

『この一種宗教的な団体は、自ら黄金国《エルドラードー》開発遠征隊と称しており、どうやら秘密結社的血盟でもあるらしかった。だが、彼等の話は、純然たる海賊たちのそれだった。剛毅ではない、ただ猪突《ちょとつ》であり、豪胆ではない、ただ貪婪《どんらん》であり、さらに勇気ではない、ただ残忍であった。彼等の誰を見ても、先見とか真面目な目的というようなものは、薬にしたくも見られなかった。いや、この世の事業には、そうしたものが必要だという事実すら知らないらしかった。ただこの地下の宝庫を曝《あば》き掠《かす》めること、それだけが彼等の願いだった。背後になに一つ精神的目的を持たないことは、金庫に押入る強盗と全くその類を同じうしていた。誰がこの崇高至極な事業に金を出していたものか、それはわからない。だが、ただ団長というのは、人もあるにわが支配人の伯父だということだった。『見たところは、貧民街の肉屋の親爺とでもいうところだった。眠そうな、それでいて狡猾そうな眼付。短い脚の上に大きな布袋腹《ほていばら》を便々と運んでいたが、彼等一隊が出張所を占領していた間、彼は甥以外には誰とも口を利かなかった。朝から晩まで、頭をつき合わすようにして、いつ果つべしとも見えない談笑をつづけながら、界隈をうろつきまわっているのがよく見られた。

『僕は、もうリベットのことでクヨクヨするのはやめていた。人間そうした馬鹿馬鹿しい苦労性にも、限度がある。畜生、勝手にしやがれ！　と、僕はとうとう呟いた。そしてなにもかも放り出してしまった。だが、今度は物を考える時間ばかりできてみると、ときどきあのクルツのことを思い出すのだった。なにも特に興味をもったというわけじゃない。そんなことはないのだが、それにもかかわらず、僕は、なにか妙に興味があった。クルッというこの男、とにかくある道徳的信念をもってやってきたというのだが、果してそうした人間でも立身出世をするものだろうか、そしてまたそうした位置についた場合には、どんな風に仕事をやって行くものだろうか、それが知りたかったのだ。』

二

『ある晩、船の甲板に寝そべっていると、ふと人声の近づいて来るのが聞えた――見ると、この伯父、甥が川岸を歩いているのだ。僕はふたたび腕枕をして、ついうとうとしたかと思うと、突然誰か僕の耳許ででも話しかけるように、「私は子供みたいなもんで、悪気もなにもありゃしませんよ。だが、ただ人から指図をされるのは大嫌いだ。私はこれでも支配人でしょう――そうじゃありません？　それを、あなた、彼奴を遣れと、そういう命令ずくでしょう。いくらなんでも、あなた……」というようなことを言っている。だんだん気がついてみると、例の二人が、船の前部寄りの岸、ちょうど僕の頭の下あたりに立っているではないか。僕は身動き一つしなかった。いや、眠くて、動く気も起らなかったのだ。「そりゃ確かに不愉快だな、」と、伯父の方が咽喉の奥で言う。するとまた相手の声で、「奴は、重役連に頼んで、わざわざあそこへやってもらったんですよ。つまり、自分の手腕が見せたかったんですね。それで私の方へはね、その通り訓令があったわけなんです。とにかく奴の顔というのは、大したもんですよ。ちょっと驚くじゃありませんか?」驚くべきものだということには、双方たちまち意見の一致を見たようだった。それからは、一しきり奇怪な会話が、「まるでお天気さえ左右しかねない……たかが一人の男が……重役会……まるで鼻面をつまんで……」というような、断片だけになって聞えてくる。おかげで、眠気もなにも消し飛んでしまい、ほとんど全神経を集めて聞き耳をたてていた。と、伯父の声で、「まあ、困るだろうが、今に気候がちゃんと始末をつけてくれるさ。一人でいるんだね?」「ええ、そうです、」と、これは支配人の声で、「助手がいましたが、それを送り帰して来ましてね、しかも私宛に、こんな男は早く大陸から追っ払ってしまってくれ。こんなような人間なら、寄越してもらう必要はない。とにかく君の寄越すような人間と一緒に暮すよりは、一人の方がよっぽどよい、とそういった手紙までつけて寄越すんですからね。さあ、もう一年以上も前の話になりますかねえ。だが、いったいこんな失敬な話が考えられますか?」「で、その後は何かあったのか?」と、伯父の嗄《しゃが》れ声が訊いた。「象牙ですよ、」と吐き出すように甥が言う。「たいへんなもんらしいんで……しかも第一流品がですよ、……たいへんなもん……癪に障るんだが。」「で、その他には?」と、今度は低いガラガラ声だ。「送り状ですよ、」と、まるで鉄砲玉のような勢いの答えだ。そしてそのまま話はとぎれた。

クルツの話をしていたのだ。

『その頃は、僕ももうすっかり眼が覚めていたが、別に動く気もないままに、長々と寝そべったまま、じっとしていた。「で、その象牙は、どんな風にしてはるばる送りつけて来た?」と、これも相当不服らしい伯父の声が唸るように訊いた。甥の説明によると、クルツの使っている混血《ハーフ・カースト》のイギリス人書記が宰領して、カヌー船隊で送って来たもので、クルツ当人も、もう出張所の商品がすっかり空っぽになった以上、一緒に帰って来るつもりだったらしいが、三百マイルも下ったところで、急にまた引き返すと言い出した、しかも象牙の方は、混血児《あいのこ》に委してそのまま下らせることにして、自分だけ一人、小さな四人漕ぎの独木舟《まるきぶね》で帰って行ってしまったということだった。なんということをする男だろう、これには二人とも、呆気《あっけ》にとられたらしかった。どうした動機でしたものか、全くわからないといったところだった。僕としても、なにかはじめて眼のあたりクルツを見たような気がした。鮮かな映像だった。——独木舟、土人の漕手が四人、そして最後には、突如として本部に背き、交代になることを拒み、そしておそらくは家郷の思い出にさえ背いて、あの荒野の奥地、荒涼たる無人の出張所に向って進んで行く一人の孤独な白人の姿。動機は僕にもわからない。おそらくはただ仕事そのものが好きで、なんとしても仕事から離れられないという、それだけの人間だったのかもしれない。ところで、いいかね、僕の聞いていたうちに、彼の名前は一度も出ていないのだ。彼はただ「彼奴」であり、また僕の見るかぎりでは、あの困難な河旅をよく細心に、大胆に導いて来たと思える混血児は、これはまた終始「あん畜生」呼ばわりなのだ。しかもその「あん畜生」の報告によると、「彼奴」はひどい病気をした上に、どうも恢復も思わしくないらしいのだ……

『と、その時、僕の頭の下の二人が、つと二、三歩動いたかと思うと、少し離れた先を、しきりに往ったり来たりしはじめた。そして「陸軍駐屯地……医者……二百マイル……今じゃ全くの一人ぼっち……後れるのはやむをえない…………九カ月……なにも聞かない……奇妙な噂さ……」というような会話の断片だけが、僕の耳に入ってくるのだった。が、彼等は、またしても近づいて来た。そして支配人の声で、「私の知るかぎりじゃ、要するに一種の渡り商人にすぎないらしいんでね、――まるで土人たちから象牙をもぎとるようなもんで、実にいやな野郎ですよ。」今度は誰のことを言ってるのだろう？いろんな言葉の断片から察したところでは、やはりクルツのところにいる人間で、どうやら支配人の大嫌いな男らしいのだ。「ああいう野郎は、一人くらい見せしめに死刑にでもしなけりゃ、われわれ闇競争から助かりっこありませんよ、」と彼は言った。「たしかにそうだ、」と、まるで唸るような声で、「死刑にしてしまえ！　なに、かまうもんか。ここでなら、どんなこと——どんなことだってできる。俺の言いたいのはここだ。いいか、ここじゃな、お前の位置を危うくできるような人間は、一人だっていないはずだ。なぜだ？　お前はここの風土に堪えられる——だから、奴等よりも長生きできるわけだ。危険はむしろヨーロッパにある。だが、それは俺が発つ前に、ちゃんと心得て……」彼等はまたしても遠ざかって行って、なにかひそひそと囁き合っていたが、やがてまた大きな声で、「いや、度々ひどくおくれてばかりおりますが、なにも私の罪じゃないんで。私としては、できるだけのことをしているんですから。」

『肥った方が、「そりゃ気の毒だ、」と、溜息と一緒に言った。が、相手の話はそのまつづく。「それに奴の言い草がまたひどいんですよ。一緒にここにいた時分は、ずいぶんと手こずらされましたよ。奴に言わせるとですねえ、出張所というものは、すべて将来の発展のために、いわば街道の灯台のようなものにならなくちゃいけない。商売の中心というだけじゃなくね、進んで文明、進歩、教化の中心にならなくちゃいけない、とそう言うんですよ。まあ、考えても見て下さいよ——あの馬鹿野郎が！　あれで支配人を狙ってるんですからねえ！　なあに、それは……」と、ここまで言うと、激しい怒りで胸が一ぱいになってしまったらしい。僕はちょっと頭を上げてみて驚いた、――二人ともすぐ僕の下、まるで鼻の先にいるのだ。唾でも吐こうものなら、奴等の帽子にかかるくらいだ。だが、幸い当人たちは、話に夢中で、足許ばかり一心に見つめている。支配人の方は、なにか細い小枝でしきりに自分の脛を打っていた。と、急に、あの食えない伯父が、頭を上げて言った。

『「今度はここへ来てから、健康の方はずっといいんだな？」するとなぜか、支配人はハッと驚いたような様子で、「誰がです？　私ですか？　ええ、そりゃもうすばらしい――ピンピンしたもんで、――だが、他の連中と来ちゃ、やれやれ、恐ろしいことだ、一人のこらずやられてますよ。それに、あなた、コロコロ往生して行くんですからねえ、本国へ帰してやる余裕も、なにもあったもんじゃありませんよ――まるで嘘みたいな話ですよ。」「ふむ、なるほど、」と、またしても唸るような伯父の声で、「だがな、頼みはこれだ、――いいか、これだよ。」そして僕は、彼があの短い水掻きみたいな腕を伸ばして、まるで森も、入江も、泥濘《ぬかるみ》も、河も、一挙に抱え込むような身振りをするのを見た、――そしてこの忌わしい腕の一振りこそ、この明るい太陽の国を前に、見えない死、見えない悪魔、そして底知れぬ深い闇黒の呪いを、魔《ま》き入《ね》れる恐ろしい裏切りの訴えと見えた。僕は驚きのあまりはね起きると、思わず森の端《はず》れを振り返ったが、あの確信に充ちた不吉なジェスチュアに、なにかそこから応答の声でも起りそうな気がしたからだ。ねえ、君、人間というものは、ときどき馬鹿なことを考えるものなんだねえ。しかも二人の男の眼の前には、この滑稽な人間の侵入が跡形もなく拭い去られる日を待つかのように、無気味な沈黙が、じっとそそり立っているだけだった。

『途端に二人は、おそらく愕然としたのだろうが――なにか大声に呪いの言葉を口にした、――そして僕の存在には、強いて気がつかないような顔をして、そのまま出張所の方へ帰って行った。すっかり日は傾いていた。前屈みに並んで、苦しそうに二人の姿が山を上って行くと、その背後には長短二つの道化た影法師が、伸びた草叢の上を、葉裏一つ返すでもなく、静かに滑って消えて行った。

『二、三日すると、黄金国《エルドラードー》遠征隊は、ふたたび沈黙の荒野を指して出発して行った。そして彼等の姿もまた、ちょうど水に飛び込んだ男の跡を、たちまち海水が包んでしまうように、音もなく荒野の中に呑まれてしまった。それからよほど経ってからだったが、驢馬が一頭残らず死んでしまったという噂は聞いたが、驢馬より軽いあの人間どもの運命については、僕はついになにも知らない。だが、そこはもちろん他の連中も同様に、当然の運命に逢ったろうことだけは間違いない。僕は別に訊いてもみなかった。それよりもその時は、やがてすぐに会えるクルツのことで、僕の心は夢中だったのだ。もっともすぐとは言っても、それは比較の問題で、いよいよ僕等がクルツのいる出張所の下の岸に着いたのは、入江を出発した日からまる二カ月目だった。

『溯航は、まるであの地上には植物の氾濫があり、巨木がそれらの王者であった原始の世界へと帰って行く思いだった。茫漠たる水流、鬱然たる沈黙、そして涯しない森林。熱した大気は、ひどく重苦しく、物倦げだった。照りつける陽光の中には、いささかの歓びも感じられない。ただ遠く遠く、物影一つない水の流だけが、涯しもなく鬱蒼たる森の奥へとつづいている。銀色に光る砂堤の上には、河馬と鰐とが頭を並べて日向ぼっこをしていた。ひろびろと打ち展けた水流は、鬱蒼と茂った無数の小島の間を流れ、その中で船は、まるで沙漠の中のように、またしても道を見失った。そして水路を求めて、終日幾度となく洲に突きかけているうちに、人々は、自分たちがなにか魔法に呪われて、既知の世界とは永久に隔離され、——どこか遠い——おそらくはまるで別の世界にでも閉じこめられているような思いがしてくるのだった。

『一分の余裕さえないはずの時に、かえってこうしたことが起るものだが、この時もまた、過去の思い出が俄かに生々と蘇ってくることがよくあった。だが、それは決って騒がしい、不安な夢の形をとって現れるのであり、しかもそれが、この植物と水と沈黙との奇怪な世界、ほとんど圧倒せんばかりに迫ってくるその現実の中にあって、むしろ驚きをもって回想されるのだった。そしてこの静寂さは、どんな意味でも平和と呼べるものではなかった。なにか神秘的な、測り難い意図を孕む、仮借ない一つの力だった。復讐に充ちた面を向けて、じっと君たちを睨んでいるのだ。だが、後には僕も慣れてきて、そうしたものはもう見なくなった。第一、余裕がなかったのだ。絶えず水路を探っていなければならないし、たいていはむしろ霊感で、隠れた砂洲を発見しなければならないのだ。それにまた暗礁の警戒、そしてあの恐ろしい陰険な河床の倒木だ――そうだ、まかり間違えば、こんなボロ蒸汽船の一艘くらいはたちまち止めを刺して、「巡礼」どもはもちろんとんだ水葬というところだが、――その危険さえ僕はうまくサッとすり抜けるごとに、もう一々胆を消すよりは、チェッと強く舌打ちするくらいの芸は覚えかけていた。また夜の間に翌日の燃料を切っておかなければならない、そのために、たえず枯木らしいもののあり場所を見張っている必要もあった。いったいこうした単に表面の偶発事にばかり注意していると、物の真実、――そうだ、真実というものは、影が薄くなる。幸いなことに――内部の真実は隠れるのだ。もっとも僕は、感じるだけは感じていた。よくその神秘的な静寂が、じっと僕の猿智慧の曲芸を眺めているのを、感じるだけは感じていた。――ちょうど張りつめた綱の上で、君たちがそれぞれトンボ返りを打っている――なんのために？　そうだ、一返り五十円か？――そうした生命の安売をしているのを、冷然と眺めているそれと同じだった。』

『マーロウ君、もう少し言葉を慎しめよ、』と、誰かが呻くように言った。してみると、私以外にも、少くとも一人は聞いている人間がいたわけだ。

『やあ、これは失敬。なるほど、忘れていたが、値段のなかには、心の痛みも入っているわけだからな。だが、曲芸さえ巧く行けば、値段がなんだ？　ところで君等の曲芸の腕と来たら、こいつは大したものだからな。むろん僕の腕もまんざらじゃなかったわけさ。僕としては、処女航海に、なんとか船を沈めもしないですんだわけだからね。今でも不思議でたまらないのだが、考えても見給え、目隠しをされた人間が、車で悪路を飛ばしているようなものだった。それを考えると、僕もゾッとなって、すっかり冷汗をかいた。苟《いやし》くも一人前の船乗りがだよ、ちゃんと預かって、船主の方じゃ無事いつまでも浮いてることと思っているその船をだねえ、ガチリと底をやっちまうなんてのは、こいつは許されない罪だからねえ。そりゃ誰も知らないかもしれぬ、だが、こいつは第一自分で忘れられないからね――そうだろう？　いってみれば、心臓を一つドカンとやられるようなもんだ。決して忘れやしない。夜は第一夢に見る。夜中に目を覚ましては、思い出すのだ――何年経ってもね、――そしては身体じゅう赤くなったり蒼くなったりする思いだ。いや、もっともあの船ばかりは、いつも浮いていたとは言いにくい。一度ならずいわば船の徒歩渉《かちわた》りとでもいった芸当をやったこともある。人食い土人どもが二十人ばかりも、水に飛び込んで勢いよく押してくれた。途中僕等は、奴等を何人か臨時船員に徴集していたんだが、なに、持場さえあたえてやれば、みんな立派な船乗りだった。結構一緒に働ける人間だったし、今でも僕は感謝している。それに僕の眼の前じゃ、決して恐ろしい共喰いはしなかった。ただ自分たちの食物に、河馬の肉を持ち込んで来ていたが、これがどうも腐ってね、まるで荒野の秘密が僕の鼻の中まで匂ってくるような思いがした。ペッ！　今でもまだ鼻についている。

『船にはほかに支配人と、棒を持った例の「巡礼」たちが四人――みんな全く文句のない奴等が、乗り込んでいた。ところどころ河岸近くに、出張所が建っている。いわばそれらは、巨大な闇黒の端っこに、やっとしがみついたといった形だった。崩れかかった小屋から、白人たちが飛び出して来て、歓喜と驚きと歓迎の大袈裟な身振りをして迎えてくれるのだが、それがかえってひどく異様に見える、——なにか呪いに縛られた俘囚とでもいったように。象牙、象牙という言葉が、しばらくは空気を震わせて響く、——そして僕等は、またしても沈黙の奥へと進んで行くのだ。涯しない空虚な河筋、幾つとなくカーヴを曲りながら、切り立った両岸の絶壁に、重苦しい船尾外輪《スターン・ウィール》の響を大きく反響させながら、進んで行った。ただ見る樹、樹、樹、何百万の樹々だ。鬱然たる巨木が、いっせいに大空を衝いている、そしてその脚許には、流を岸いっぱいにつめながら、薄汚れた小っぽけな河蒸汽が上って行く、——まるで宏壮な前廊《ポーティコ》の床を匍う甲虫の歩みにも似ていた。ただもうわれわれ人間の卑小さを、ひしひしと感じさせるばかりだが、といって決して絶望感でもない。

『いかに卑小だとはいえ、とにかく甲虫は匍って行く、——それでいいのだ、期待通りなのだ。ただその行先を、あの「巡礼」どもはなんと考えていたか、それは僕にもわからない。だが、おそらくあるものが獲られるある場所へという、それだけのことだったにちがいない！　ただ僕にとっては、クルツの許へ、クルツの許へという——ひたすらその一筋だった。だが、まもなく蒸気導管《スティーム・パイプ》が漏り出してからは、船脚はガタ落ちになってしまった。河筋は、涯しなく前に開けては、後に閉じる。あたかも僕等の帰り路を阻もうとでもするかのように、ゆっくりと森林が、水路を横切って押し出してくるのだった。船は一歩一歩深く、闇黒の奥へとわけ入った。静寂そのものだった。ときどき夜になると、河下から樹々の帷《とばり》を越えて太鼓の響が流れてくる、そしてほとんど夜の白むまで、まるで僕等の頭上を天翔けるかのように、かすかにたゆたっているのだった。戦いの太鼓か、平和のそれか、それとも祈りのためか、それは僕等にはわからなかった。『冷たい静寂が下りると、やがて朝が来る。樵夫《きこり》たちはまどろみ、彼等の焚火も衰えて、ただときどき小枝の折れる音が、思わず人々の夢を驚かせる。いってみれば、僕等は、先史時代の地球、そうだ、まだ未知の遊星という相貌を残していた地球上の放浪者だった。深い心労と激しい労苦とによってのみ獲られる、あの呪わしい遺産を目ざして、はじめて分け入って来た人間というような気がした。だが、それでいて河筋をぐっと曲るときなど、突然重たげに垂れた森の繁みの蔭から、藺草《いぐさ》を葺いた壁、尖った草屋根などがチラと見えたり、爆発するような叫び声が聞えて、手を打ち、足を踏み、全身を揺ぶり、眼をギラギラと光らせている真黒い肉体の躍動が見られたりする。

『黒人たちの不可解な狂歓をすれすれに、船は依然としてノロノロと上って行く。あの先史時代人たちは、果して僕等を呪っているのか、祈っているのか、それとも歓び迎えてくれているのだろうか？――わからない。いわば環境への理解から完全に切り離されてしまっている僕等だ。船は、まるで亡霊のように、あるいは驚き、あるいは密かに怖れながら、静かに滑って行く――あたかもあの風癲病院の狂噪を眼のあたり眺めた人々のそれだった。文明からあまりにも遠ざかり、もはや呼び起すべき記憶すらない僕等、――跡形もなく過ぎ去って――もはや記憶さえ一つのこらず消えてしまった、いわば原始の夜をさまよっているような僕等にとっては、それはとうてい解らないことだった。

『もはや大地とは見えぬ大地だった。捕えられて繋がれた怪物を見ることには、僕等も慣れている。だが、ここでは――解放された自由な怪物を見ることができるのだ。大地はもはや人間の世界ではない、そして人間もまた……いや、人間だけは非情の物ではなかった。彼等もまた人間だという――そのことこそが最悪の疑念だった。疑念はいつも徐々として頭を占める。彼等は唸り、跳り、旋廻し、そして凄じい形相をする。――だが、僕等のもっとも慄然となるのは、――僕等と同様――彼等もまた人間だということ、そして僕等自身と、あの狂暴な叫びとの間には、遥かながらもはっきり血縁があるということを考えた時だった。醜悪といえば——そうだ、たしかに醜悪だった。だが、君たちにして本当に勇気があるというなら、いやでも承認しなければならないと思うのは、現に君たちの胸の奥にも、あのあからさまな狂躁に共鳴するかすかなあるものがたしかにある、しかもその共鳴感にはちゃんと一つの意味——なるほど、それは、もはや原始の闇黒からあまりにも遠ざかってしまった君たちには、とうてい理解できないものであったかもしれぬが、——たしかに一つの意味があるらしいということだ。もちろんそれは当然だった。なぜなら人間の心という奴は、いわば全能者であり、——その中には、一切ことごとく、いわば過去と未来のすべてが宿っているからだ。

『だが、結局そこにあるものは何なのだ？ 歓びか、恐怖か、悲しみか、献身か、勇気か、怒りか——それはわからない——だが、ただたしかに真実——時という外被を引き剝がれた赤裸の真実があった。世の愚か者は、驚き呆れるがよい——ただ本当の人間は知っている、そしてまじろぎ一つしないで、真実を直視することができるのだ。だが、それには、少くともあの河岸の連中と同じ人間らしさに帰らなければならない。彼自身の生地というか、——言いかえれば、生れながらの力をもって、その真実に立ち向わなければならないのだ。主義か？　そんなものは駄目だ。そんなものは、後天的に獲たものにすぎん。ただ蔽い物、美しい襤褸片《ぼろっきれ》にすぎない――はじめの一振りで、ちぎれて飛んでしまう襤褸片にすぎない。いや、君たちには、ちゃんとした信仰が必要なのだ。『この悪魔じみた騒ぎの中に、なにか僕に訴えかけるもの――それがあるのだろうか？　そうだ、僕の耳はそれを聞いた、それは認める、だが、僕にも僕の声がある、そしてそれは、善かれ悪しかれ、決して沈黙しない言葉なのだ。もちろん白痴という奴は、常に安全に決っている。ただ怖がるだけか、それとも例の繊細な感情という奴でだ。おい、誰だ、ぶつぶつ言ってるのは？　なるほど、僕は上陸して、一緒に叫んだり踊ったりはしなかったかというのか？――いかにも僕はしなかった。繊細な感情？　そんなものは悪魔に喰われろだ！　第一そんな余裕は僕にはなかった。いいかね、あの蒸気の漏れる導管を塞ぐだけでも、白鉛と濡れた毛布をもってバタバタ駈け廻っていなければならなかったし、舵の見張り、倒木への気配り、そしてなんとか曲りなりにも、あのボロ汽船を動かして行かなければならなかったのだ。なに、これだけでもね、僕など愚人はもちろん、どんな賢人でも救いの数に入れてもらえるだけの表面《うわべ》の真実には充分だった。それにときどきは土人の火夫の監督もしなければならなかった。こいつはいわゆる熟蕃だったが、上手に直立汽罐《ヴァーティカル・ボイラ》を焚いた。こいつが僕のすぐ足の下で働いているわけだが、まるでそれはズボンを穿いて、羽根帽子を冠り、後足で立った犬芝居そっくりときてる、いやはや、大した観ものさ。

『とにかく小利口な奴だった、わずか二、三ヵ月の訓練でこれだけになったのだから。いかにも不敵そうな顔付きで、気圧計や水量計を藪睨みの眼で睨んでいる、――可哀そうに、歯には鑪《やすり》をかけられ、縮れた頭髪は奇妙な型に剃り落され、両頬には三筋ずつ刀痕が装飾に刻まれていた。彼などもやはり、あの河岸で、手を拍ち、足を踏み鳴らしている方がよかったのだろう。それが今は、なまじ余計な知識など注ぎ込まれ、奇妙な魔法に縛られて、あくせく汗を流しているわけだった。たしかに教えられたからこそ、役に立つのだった。だが、彼が知っていることといえば、なんだ?――もしこの透明な硝子管の水がなくなれば、汽罐《ボイラ》の中の悪霊が、飢渇のあまり腹を立てて、恐ろしい復讐をするぞという、ただそれだけのことだった。

『ただそれだけのことで汗を流し、火を燃し、そしておそるおそる硝子管を見詰めているのだった。(二の腕には、なにか襤褸片《ぼろっきれ》でこさえた俄づくりの護符《まじない》を縛りつけ、下唇には、懐中時計ほどもある大きさの磨き上げた骨片を水平に刺している。)こうして両岸の森林は徐々に後方《しりえ》に消えて行き、束の間の騒ぎもはるかに背後に隔てられると、またしても涯しなくつづく静寂だった、——そして僕たちは、一歩一歩クルツの許へと近づいていた。だが、倒木はおびただしいし、水路は浅く、瞬時の安心も許さない。おまけに事実汽罐《ボイラ》の中にはひどく不機嫌な悪魔が潜んでいた。火夫も僕も、心の中の恐ろしい不安などうかがっている暇はとうていなかった。

『奥地出張所から五十マイルばかり下流だったが、葦葺きの小屋が一軒、傾いた佗しい柱が一本、頂には、かつてはなにか旗だったのだろうが、今はそれともわからないような襤褸片《ぼろっきれ》がぶら下っているのと、そしてきれいに積み上げた薪の山が見えた。意外だった。岸に上ってみると、薪の山の上に、一枚平たい板片がのっていて、表にはなにか薄れた鉛筆の痕が読める。判読してみると、「この薪、使用自由。急げ。但し用心して近づくこと。」というような文字で、署名まであったが、それはついに読めなかった——クルツではない、もっとずっと長い言葉だった。急げ！　だが、どこへだ？　河を溯って？　用心して近づくこと。たしかに僕等は用心していたとはいえない。だが、まさか来てから、はじめて警告の言葉を知るというような、この場所のために書かれた警告とは考えられない。

『きっと問題は、もっと上流にあるに相違ない。だが、いったいどんな——そしてどれほどの危険だというのか？　それが問題だった。僕等は、まるで電報のような書き方の間抜けさ加減をこき下した。周囲の叢林《ジャングル》は、一言も語らず、前方の見透しもほとんど利かなかった。小屋の入口には、破れた赤い綾織《カーテン》が下っていて、佗しく僕等の眼の前にはためいていた。すっかり荒れてこそいるが、つい近頃まで白人の住んでいた家だとはすぐわかった。

『二本の柱に板をわたした粗末な机が一脚残っていた。暗い隅っこには、ガラクタが一山積み上げてあったが、僕は戸口の傍で書物を一冊拾い上げた。表紙は失くなっており、中の頁も指擦れで、恐ろしく汚れてクシャクシャになっている。だが、背中だけは、心をこめて白い木綿糸でかがり直され、しかもその糸はまだ汚れ目さえ見えなかった。素晴しい掘出し物だった。表題は、「船舶操縦術研究」、著者はタワー(Tower)か、タウスン(Towson)か——とにかくそんな名前で、——肩書は帝国海軍将校とあった。幾つも説明の図表や、頭の痛くなりそうな数字などが並んでいて、読物としてはだいぶ退屈そうだし、それになにしろ六十年前の代物だった。手に取るだけで壊れはしないかと、この恐るべき古物を、まるで壊れ物にでもさわるように用心しながら、手に取ってみた。

『内容は、船の錨鎖《チェイン》および複滑車《タックル》の緊張限界点だとか、その他そういった題目について、タワー氏、あるいはタウスン氏の実に真面目な研究だった。面白くてたまらないというようなものではないが、しかし一目見ただけでも、その一貫した主意、そして研究への正しい態度というようなものはよくわかったし、またそれなればこそこの大時代な佗しい著述の一頁一頁が、職業的筆致とはちがった、まるで別な光を帯びて輝いていたのだった。この朴訥な老船乗り、しかも彼が錨鎖や起重装置《パーチャス》を論じている図を想像していると、なにかこれこそ紛れもない真実なものにぶつかったような楽しい気持がして、僕は密林のことも、それから「巡礼」どものことも、思わず忘れていた。

『こんな場所に、そうした本のあること、それだけでも驚異だったが、さらにもっと驚いたことは、開いてみると、余白にはしきりに鉛筆の書入れがあり、しかもそれらは明らかに本文と関連していた。僕は自分の眼が信じられなかった！　しかもそれは暗号で書かれている！　いや、たしかに僕は暗号と見た。それにしても、どこだかしらぬがこの森の奥まで、こうした書物を持ち込んで、——書き込み——しかもなんと暗号でだ！——までして、孜々として研究をつづけている男の姿を想像して見給え！　たしかに驚くべき神秘だよ。

『ところで、その前から、なにかうるさい物音には気がついていたが、ふと眼をあげてみると、薪の山はいつのまにかなくなっており、河岸から支配人が、「巡礼」たちと一緒になって、頻りに僕を呼んでいるのだった。僕はその本をポケットにしまった。本当の話、このまま読みかけでやめることは、なにか古い、固い友情という隠れ家から身を引き裂かれるような思いがしたからだった。

『またしてもガタガタ機関が動きはじめた。支配人は、遠ざかって行く小屋を憎々しげに振り返りながら、「畜生――この野郎にちがいない、この縄張破りに！」と、しきりに怒鳴っていた。「きっとイギリス人に決ってますよ、」と僕も言った。「畜生、用心するがいいぞ、ただじゃ済まさないからな、」と、まだ支配人は、不機嫌そうに呟いていた。だが、僕はわざと何食わぬ顔で言ってやった、「どうせこの人生って奴は、なにかひどい目に会わないってわけには行きますまいからねえ、」と。

『流はようやく急になった。船はまるで臨終の喘ぎだった。船尾外輪《スターン・ウィール》はいかにも倦《けだ》るげに廻転し、僕はさながら爪先立つような思いをしながら、やっと水を打つフロートの音に聞耳をたてていた。というのは、嘘偽りのない話、この忌々しいボロ船、もう今にも行きついてしまうのではないかという気が、たえずしていたからだ。まるで生命の火の最後の輝きでも見まもっている思いだった。だが、とにかく進んではいる。ときどき僕は、少しばかり前方の立木を一本目標にしては、クルツに近づく尺度にしてみるのだが、決ってそこまで来るまでに見失ってしまう。一つ物をそんなに長く注目していることは、とうてい人間堪えられるものではない。支配人の方は、見事な諦め振りを示していた。結局は僕だけが、しきりにいきまいて、果してクルツと公然言葉を交すべきものかどうか、自問自答しているのだった。だが、その方は結論に達しないうちに、僕はふと思った。僕が話そうが、黙ろうが、いや、なんであれ僕の行動の如きは、すべて無意味にすぎないのだ。人が知ろうが、無視しようが、それがいったいどうなるというのだ？　誰が支配人であろうと、それがどうしたというのだ？　と。時には人間、稲妻のように、こうした悟りが閃めくこともある。つまり、この問題の本質は、僕などのとうてい手に及ばない、そして僕などのおせっかいの限りでもない、はるか深いところに潜んでいたのだった。

『翌日の夕方近く、どうやら僕等は、クルツの出張所から八マイルばかりに来ているらしかった。僕はそのまま進行したかったのだが、支配人はひどく厳粛な顔をすると、これからの遡航は危険だから、もう日もだいぶ傾いたことではあり、明朝までこのまま待った方がよかろうと言う。おまけに、もしあの用心して接近という警告に従うとすれば、なおさらもって日暮や夜中は危い、――よろしく日中を選ぶべきだと、そう言うのだ。もっともな意見だった。八マイルといえば、この船では三時間はかかるだろうし、そういえば遠く河筋の上流には、疑わしい早瀬の気配さえたしかに見えていた。

『だが、僕にはこの遅延が、言いようもなく憤懣でたまらなかった。考えてみれば、ずいぶんと理由《わけ》のわからない話で、もうすでに何カ月とかかって来た今になって、もう一晩のことが、どうしてそんなに大事なのだろう。だが、幸い燃料は充分だったし、それにまず用心が第一だということもあったから、僕はとりあえず中流に錨を下した。狭い河筋が、真直ぐに延び、両岸はまるで鉄道線路の切通しのように峭《そば》立っていた。日の沈み切るはるか前に、もう夕闇が音もなく匍い寄っていた。波一つない急流、しかも両岸には、不動の沈黙がじっと腰を下している。蔦蔓《つたかずら》、そのほか数知れぬ下生えの灌木に絡まれた樹立の群は、一本のささやかな梢、一枚の軽やかな葉末まで、凝然として石に化したかのように見えた。

『眠りとはいえなかった――昏睡状態にも似た不自然さがあったのだ。針一本落ちるほどの音もない。人々はただ茫然と立ちつくし、まるで自分たちの耳が聾したのではないかと疑った——と、やがて俄かに夜が来て、今度は眼も一緒に盲いてしまうのだ。夜明の三時頃だった、なにか大きな魚が跳ねて、その高い水音に、僕はまるで銃声でも聞いたように、思わずはね起きた。日が上ってみると、四辺《あたり》は一面の真白い霧だった、生温い、じっとりとした霧、見透しは夜も同じ一寸先もきかない。少しも流れる気配はない、まるで巌のように四辺を蔽い包んでいるのだった。多分八時か、九時頃だったろう、霧はようやく窓扉《シャター》をあげるようにはれて来た。

『ふと霧の晴れ間から見える見上げるような樹林、涯しなく絡み合った叢林《ジャングル》、そしてその上には太陽が、小さな火の球のようにかかっていた、――完全な静寂――だが、またしても真白い窓扉が、脂のきいた溝を滑るように、静かに下りてしまった。一度手繰りかけていた錨鎖《チェイン》を、僕はもう一度繰り出すように命令した。だが、それがまだ鈍い音をたてて、止まらないうちに、突然なにか異様な喚声、そうだ、まるで限りない荒涼さを思わせるような喚声が、不透明な大気の中にゆっくり湧き起った。そしてまた止んだ。

『なにか不平をでも訴えるような叫び、それが狂おしい狂噪の波になって、僕等の耳に一ぱいに鳴り響いた。思いもかけない唐突さに、僕は思わず身の毛のよだつのを感じた。他の人々にはどう響いたか、それは知らない。だが、少くとも僕には、まるで霧全体が突然に、そして八方から、いっせいにこの騒がしい悲痛な叫びをあげたかのように思えた。しかもそれは、やがて急きこんだ、ほとんど絶え入らないばかりの悲鳴に高まったかと思うと、そのままピタリとやんだ。残された僕等は、ただ茫然と、それぞれ痴呆のように立ったまま、今度はまた恐ろしいまでに静まり返った静寂の中に、石のように耳をすませていた。

『「驚いた！　いったいどうしたというんだね？……」と、僕のすぐ傍に立っていた「巡礼」の一人が、吃るように呟いた、——砂茶色の髪の毛に、真赤な頬髭をのばした、肥り肉《じし》の小男だ、——深ゴムの靴に、淡紅色《ときいろ》のピジャマの裾を靴下の中へたくしこんでいる。今二人の「巡礼」たちは、しばらく茫然と口を開けたままたたずんでいたが、俄かに船室へ駈け下りたかと思うと、たちまち連発銃《ウィンチェスター》を構えながら駈け上って来て、脅え切った眼を瞠って仁王立になっていた。見えるものといえば、われわれの乗っている船、それも今にも消え失せんばかりの朦朧とした輪廓と、その周りにせいぜい幅二フィートとはない霧深い水面と——ただそれだけだった。その他の世界は、見えるかぎり、聞えるかぎり、ただ一色の無の世界だ——まことに無の世界、忽然と消えてしまった——囁き一つ残さず、影一つとどめず、完全に拭い去られてしまったのだ。

『僕は進み出て、錨鎖《チェイン》を短く手繰りこんでおくように命令した。いざといえば直ちに錨を揚げて、船を出そうというためだった。「襲って来るのだろうか？」恐怖に脅えた声が囁く。「この霧の中じゃ、おれたち鏖殺《みなごろ》しになるんじゃないか？」今一人が呟くように言う。顔は緊張に歪み、手はかすかにわななき、眼はもう瞬《また》きさえも忘れている。これら白人たちの表情と、一方船員である黒奴《くろんぼ》のそれとを比べて見ると、実に面白かった。彼等黒奴とても、その家こそほんの八百マイルの鼻の先というにしても、こんな上流まで上って来たことは、僕等同様、生れてはじめてだったのだが。

『もちろん白人たちは、すっかり平静さを失ってしまい、あの凄まじい騒ぎに気押されて、奇妙な苦痛の表情さえ浮べていた。ところが、黒奴どもと来た日には、なるほど、油断のない、当然緊張した表情こそ浮べているが、顔などはむしろ平静で、錨鎖を手繰っていた一人二人さえが、ニヤニヤ薄笑いを浮べている有様だった。彼等の中の数人が、なにかしきりにブツブツ不平を言っていたが、まもなくすっかり満足がいったようだった。

『彼等の首頭《かしら》だという、胸幅の広い、おそろしいような鼻の孔をした黒奴の青年——身体にはなにか濃藍の縁取りをした簡単な粗布を纏い、頭髪を油でゴテゴテと捲毛に結い上げたのが、僕の傍に来て立った。——やあ、と僕は、ただ仲間の挨拶だけに声をかけた。と、彼は、眼を大きく血走らせ、鋭い歯並をキラリと光らせながら、「取っ捕えろ、取っ捕えろ。そいで俺等《おいら》にくれよ、ね、」と吐き出すように叫んだ。「君等に？　いったいどうするというんだ、それを？」と、僕は訊き返した。「食べるだね、」と、彼は一言ズバリと答えた。そして倚りかかるように欄干に肱をついたまま、なにか厳めしい、瞑想にでも耽るような恰好で、じっと霧の奥を見つめていた。そこで僕はふと思った。奴さんたち、どうもひどく腹を空かしているらしいな。なるほど、少なくともこの一カ月ばかりというもの、いよいよ腹を空かしてきているにちがいない、と。実際、それを思い出したからよかったものの、そうでもなければ、僕もどんなにびっくり仰天したことであろう。

『彼等が傭われて来たのは、もう半年も前だった。（といっても、彼等とは心理的に幾千年を距てる僕等近代人のもっているような、はっきりした時間の意識が、もちろん彼等にあったとは思えない。彼等はいわば今なお原始の時代に属する人間であり、——経験を伝えて、それから学ぶというようなことはなかったのだ。）したがって河下の世界で作られた滑稽きわまる法律とやらにしたがった一枚の紙片が厳存するかぎり、彼等がどんなふうな生活をしようが、そんなことに心を使ってやるものなどは、一人としていなかった。なるほど、彼等は、腐った河馬の肉を持参してはいたが、もとよりそんなものがいつまでもあるはずはなかった。もっともその大部分は、彼等が驚き騒ぐのを尻目に、あの「巡礼」たちが、海中に投じてしまったのであるが、たとえそんなことはなくても、おそらくとっくになくなっていたろう。捨てるというのは、いかにも高圧的なやり方のようにも見えるが、事実はむしろ正当な自己防衛であったのだ。

『そうだ、寝ても、覚めても、そして食事の時も、あの河馬肉の腐臭を吸いこみながら、なおかつ同時に生命を全うしようなどというのは、少し虫の好すぎる話だからね。そのほかには彼等は、毎週俸給として九インチばかりの長さの真鍮針金を三本ずつもらっていた。理屈の上では、どこでも河岸の村へ行って、この針金を通貨にして、食糧を仕入れて来いということになっていた。だが、実際の運用と来た日にはどうだろう。全然村などというものがなかったり、あっても住民どもが敵意を持って応じなかったり、そうかと思えばかんじんの首頭《かしら》というのが、自分だけは僕等同様、罐詰類や、それにときどきは牡山羊の肉までもらって食べるものだから、なんとかかとか難しい理由をつけては、船を止めたがらないのだった。だから、結局彼等は針金をそのまま嚥み下すか、でなければ環でも作って釣り針でもこしらえるかしなければ、せっかくのこの素晴しい俸給も、なんとも使用の途がないのだった。もっともきちんきちんと正確な支払い振りだけは、流石《さすが》は名代の貿易会社、天晴れ見事なものであったという次第。

『ところでその針金以外は、後にも先にも食物といえば、――もっともそれさえとうてい咽喉を通る代物とは見えなかったが――果して何で作ったものか、ちょっとなにか半焼の生パン《ドウ》とでもいったような、薄紫色の塊をいくつか、木の葉に包んで持っていただけ。そしてときどき思い出したように一片ずつ嚥み下しているのだが、それがまたずいぶんと小さな塊で、見るにはともかくも、本気で飢えを医すためにつくられた代物ではとうていなかったようだ。

『それにしても、あれほど飢えの鬼に苛《さいな》まれながら、なぜ彼等が僕等を襲って、――人数の点では三十人と五人なのだ――しこたま御馳走にありつかなかったものか、これは今考えてみても不思議でならない。もちろんもう元のような艶やかな皮膚、鋼鉄のような筋肉などは失われていたが、まだ勇気もあれば、腕力もある、恐るべき大男ぞろいの奴等だし、それに第一後先の考えなどあるはずの連中ではなかったからだ。だが、僕の見たところでは、なにか一種の自制力、それは僕等の臆測を許さない不思議な人間性の秘密の一つだが、それがこの場合、働いていたものに相違ない。僕はにわかに興味の瞳を輝かせて、彼等を見た、――なにもやがて僕自身が食われるかもしれないそという考えが浮んだからではない、――もっとも正直にいうと、その時僕は「巡礼」たちの顔を――改めて新しい眼で眺め廻してみてだね、――それらがいかに不味《まず》そうな面ばかりであることに、はっきり気がついた。そしてそれから見れば、僕などは見たところ、まんざら――そうだ、なんと言ったらいいか、――ええと――そう食欲のなくなりそうな面つきでもないはずだぞと思った。そうだ、その時はたしかにそう思った。考えてみると、途方もない己惚《うぬぼれ》だが、あのころ僕の胸一ぱいになっていたまるで夢のような気持からいえば、それが少しもおかしくなかったんだねえ。

『多分僕も微熱くらいはあったのだろう。だが、人間朝から晩まで脈をとりながら生きて行けるものではない。僕も「微熱」や、その他ちょっとした故障はよく起った、――いわば荒野という猛獣が悪戯《いたずら》半分に出すおちょっかいであり、やがてズバリと本物の一撃がやってくる前の序の口の悪ふざけなのだ。そうだ、僕は奴等を、他の人間を見るのと同じ眼で、見ていたというのだろうな。彼等の衝動、動機、能力、弱点、とりわけ今のように仮借ない肉体的緊迫という試煉を受けている時のそれらを、僕はもっと知りたかったのだ。自制のはたらきという！　だが、果してそんなものがあるのだろうか？　迷信、嫌悪、我慢、恐怖？――それともなにか原始人の名誉感とでもいったものだろうか？　いや、どんな恐怖も飢えに抵抗できるものではないし、我慢だけで勝てるものでもない。まして嫌悪感などは、飢えのあるところ、最初から顔を出す余裕さえあるはずはなし、迷信、信念、その他諸君のいわゆる主義、道義などというものに至っては、風の前の籾殻よりもまだ無力なはずだ。

『何十日となくつづくあの長い飢餓地獄の恐ろしさ、諸君はそういうものを知らないだろう？　たまらない苦痛、それから起る不吉な思想、頭を圧えられるような暗い残忍さ、そういったものを諸君は知らないだろう？　僕は知っているのだ。飢えと戦おうと思えば、僕等の生れながらの力を総動員してかからなければ駄目だ。こうした長い期間の飢餓に堪えることを思うと――愛する者との死別も、精神的屈辱も、いや、魂を地獄の業火《ごうか》に落すことさえ、朝飯前の辛抱だ。情ない話だが、真実なのだ。そして彼等食人種たちもまた、今となってはためらう理由はなに一つなかったのだ。自制心！　そんなものが彼等から期待できるくらいなら、僕はむしろ戦場の死骸の間を彷徨しているハイエナに自制を要求するつもりだ。だが、それにもかかわらず現前の事実は全く別だった

——ちょうどあの海の面に躍る浪頭のように、またあの底知れぬ謎の流に浮ぶ小波のように、こればかりは眼を疑うことのできない事実だった。だが、それだけに、考えれば考えるほど——それは、あの真白な霧の奥から、風のように起って過ぎた河岸での土人たちの騒ぎ、そしてその中から聞きとられた不可解な絶望と悲しみ、それらにも増してもっと深い謎であり、神秘であった。

『「巡礼」が二人、どっちの岸だか、急きこむような調子で言い争っていた。「左さ。」「違うよ、馬鹿を言え。もちろん右だとも。」その時僕の背後で、支配人の声がした。「もしかしてこの船の到着前に、なにかクルツの身の上に事でもあってみろ、それを思うと俺はもうたまらない。」僕は思わず彼の顔を見たが、本気であることは、毛頭疑う余地がなかった。もともと勿体を崩すような男ではなかった。いわばそれが彼の自制心だったのだが、あの時彼が呟くように、さあ、直ぐ出発だとか、なんとか言った時には、僕はもう返事もしてやらなかった。不可能なことは、僕にも、彼にも、わかっていたはずだ。もし今ここで錨を揚げてしまえば、僕等は全く虚空の真中に浮んだも同然。進んでいる方向、——上っているのか、下っているのか、それとも横切っているのかさえ——実際どちらかの岸へぶっつけるまではわからないかもしれぬ、——いや、ぶっつけてからでさえ、まだはじめは、どちらだかわからないかもしれないくらい。だから、僕はもちろん動かなかった。いくらなんでも衝突は真平だった。

『難所として、これ以上恐ろしいところはなかったろう。いますぐ難破するかどうか、それは別としても、いつかは覿面《てきめん》、なんらかでやられるに決っている。しばらくすると、彼はまた、「どんな危険でもかまわん、君に一切権限を委せる、」と言い出した。だが、もちろん僕は、「危険なぞ真平御免だ、」と、無愛想に一言答えてやった。おそらくそれは、彼の方でもちゃんと予期していた返事だったろう、ただそう言った僕の調子だけは、彼にとってもひどく意外だったかもしれないが。と、彼は、急にひどく丁寧になって、「とにかく君は船長だ。君の判断に従うより外ないだろうがね、」と言う。僕は感謝の印に、ちょっと彼の方を向き直ったが、そのままた霧の中を見つめていた。いつまでつづく霧なのだ？　希望の光はまったく認められなかった。あのみじめな叢林《ジャングル》の奥で、象牙を蒐めているクルツ、それはまるで物語に出るあの魔法の呪縛で城に眠っている王女のようなもので、近づこうにも、周囲は数知れない危険で衛《まも》られている。「襲って来るだろうか、ねえ、君、どう思う？」と支配人は、急に打解けた調子で話しかけて来た。

『僕は、いろんなはっきりした理由から、まず襲っては来ないだろうと思っていた。

第一はこの濃霧だ。たとえ独木舟《まるきぶね》で乗り出して来ようとも、ちょうど僕等の船が動き出せばきっとそうなるだろうように、方角に迷ってしまうに決っている。それからまた僕は、両岸の叢林は全く人間の立入りを許さないものとばかり思っていた——ところが、これはとんだ思い違いで、ちゃんと僕等を見ている眼があった。なるほど、河縁の灌木こそ深く密生していたが、その背後の下生《したば》えは、明らかに分け入ることができたのだ。だが、ほんの束の間だが、霧の霽れた間にも、僕は見渡すかぎり河筋には独木舟一艘見なかったし、——少なくとも僕等の船の傍にはいなかった。だが、それにもまして襲撃ということが僕に考えられなかった理由は、あの騒ぎ——僕等が耳にしたあの叫び声だった。それは直ちに敵対行動を予感させるような、そんな狂暴なものではなかった。たしかに唐突に起った狂暴な叫喚ではあった。だが、僕にはなにかたまらない悲しみの声としか思えなかった。なぜか理由はわからないが、船の姿を垣間見たことが、彼等蛮族の胸に抑え切れない悲しみの心をそそったらしいのだ。僕は説明してやった、もしなにか危険があるとすれば、それは一度に解放された人間の激情の嵐に近づくこと、それから来る危険のほかにはない。極度の悲しみが、ついには暴力にその吐け口を求めることは、決してないとはいえない——だが、多くの場合は、むしろ無感動に陥る方が常だからだと……

『だが、それにしても「巡礼」たちの驚き方は、君たちに見せたかった。もはや無理笑いをする勇気も、いや、僕を罵る気力さえなかった。むしろ僕を、多分恐怖のために――気が狂ったとでも考えたらしかった。僕は、いつもの説法を一つしてやった。――諸君、心配することはない。見張りをしろと言うのか？　言うまでもあるまいが、僕はもう朝から、目を皿にして、まるで猫が鼠を狙うように、霧の霽れ間を見張っていたのだ。だが、僕等の眼は、もはや綿花の山の何千尺下にでも埋まったかのように、霧を見張るほかにはなんの役にも立たないのだ。生温い、じっとりと息詰まるような――感じまでが綿のそれなのだ。おまけに僕の言った言葉は、その時こそ異様に響いたものの、一々事実に符合していたのだった。その後僕等が襲撃と称したものも、実は、一種の抵抗にすぎなかった。攻撃どころか、――普通言う意味の防禦にさえなっていなかった。ただ絶望感に追い詰められて起ったものであり、正体は純然たる自衛行動にすぎなかったのだ。

『ところでそれは、霧が霽れて二時間ばかりもしてから勃発したのだったが、はじまった場所は、ごく大ざっぱに言って、クルツの出張所から一マイル半ばかり下ったところだった。僕等の船がのたうつようにしてカーヴを一つ廻った時、僕は小島が一つ中流に現れるのを見た。明るい緑に輝くこんもりとした草丘だった。そんな島は、それ一つだけだった。だが、河筋を詰めて行くに従って、それは長くつづいた砂洲、というよりはむしろ流の中央を飛び飛びにつづく浅瀬の連続の突端であることがわかってきた。それらはスレスレに水に洗われて、あたかも背中の真中の皮膚の下を、脊椎が走っているのが見えるように、点々と水面のすぐ下にはっきり見えていた。そして見渡したところ、水路はその右にとってても左にとってもよさそうに見えた。もちろんどちらの水路も知っていたわけではない。河岸の様子は両岸とも似たものだし、水深も同じくらいに見えた。だが、出張所は西岸にあると聞いていたので、僕は当然西側の水路をとった。

『ところが、かなり入って行って見ると、それは想像していたよりも、はるかに狭いことがわかってきた。左手には、断《き》れ目一つない浅瀬がずっと遠くつづいており、右手には、深々と叢林《ジャングル》に蔽われた高い、険しい河岸がそびえ立っている。そしてさらに叢林の上には、喬木林が隙き間もなく密生していた。流の上には、枝が深々と繁り出しているし、ところどころには、さらに大きな枝が、いかめしい腕を差し伸べていた。もう午後もだいぶ闌《た》けて、森影はようやく暗く、幅広い影を長く水面に曳いていた。船はその影の中を溯って行った、——ただしそれが、牛の歩みもさながらだったことは、もちろん御推察までもない。僕は船をグッと岸寄りに廻した、——測深桿《そくしんかん》を入れてみると、岸の傍が一番深いことが分ったからだ。

『ひたすら飢えを我慢している例の連中の一人が、ちょうど僕の足下あたりの舳に立って、一心に水深を測っていた。いったいこの船というのが、ちょうど平底船《スカウ》に甲板を張ったような恰好で、甲板の上にチーク材で建てた小さな小屋掛けが二つ、——ちゃんと戸口と窓までついて——載っていた。汽罐《ボイラ》は最前部にあり、すぐその背後に運転機械が装置されていた。頭の上は、船首から船尾まで支柱で支えた簡単な屋根が張ってあり、屋根を抜いて煙突が突き出ている。煙突の前には、これまた簡単な板張りの船室があり、これが操舵室になっていた。中には長椅子が一つ、軽便折畳み腰掛が二つ、可愛らしい卓が一つ、舵輪、そして片隅には装塡したマルティニ銃が一挺立てかけてあった。前面に間口の広い戸口が一つ、左右には大きな鎧戸が一つずつついていた。もちろん平生《ふだん》はいつもみんな開け放しだ。僕は、日中はたいてい朝からこの屋根の最前部、いま言った戸口の前に頑張って暮し、晩は中の長椅子で眠る——というよりは眠ろうとするのだった。どこか海岸地帯の部族から来た土人で、僕の前任者が仕込んだという、まるで闘技者のような黒奴《くろんぼ》が、操舵手だった。見せびらかすように、真鍮の耳輪などキラキラさせ、腰から踵にかけて青い布片を一枚纏っている。とにかく世界中でえらいのは俺一人だと考えている男なのだ。だが、僕の方から言えば、およそこれほど頼りない馬鹿も見たことがない。彼が舵輪を握っている時、僕等が傍にでもいようものなら、それこそ自慢タラタラで涯しがないのだが、そのくせ一度僕等がいなくなると、たちまち空っきし意気地のない臆病者になり、アッというまにまるで跛のようなこの船にさえ、すっかり引きずりまわされるような始末になるのだった。

『僕は測深桿を見ながら、測深ごとに水上に出る桿の長さが少しずつ伸びるのに、ほとんど舌打ちでもしたいような気持だった。が、ちょうどその時だった、測深手がハタと手をとめたかと思うと、桿を手繰り込むことさえ忘れて、ペタリと甲板に伏せてしまった。もっとも放しはしなかったので、桿はそのまま水を切ってついてくる。ところがそれと同時に、すぐ足の下にいた火夫もまた、汽罐の前にピタリと坐ったかと思うと、なにかを避けでもするように、ヒョイヒョイと頭を下げるのだ。僕は驚いた。だが、その瞬間、僕はあわてて河筋の方に眼を移さなければならなかった。水路の前方に倒木がある。

『なにか木片、細い木片のようなものが――雨のように飛んでくる。僕の鼻の先を唸りを立てて飛ぶのもあれば、足許に落ちるのもあり、背後の操舵室にはっしとあたるのもある。しかもその間、河も、岸も、森林も、寂として物音一つしない――死のような静寂だ。ただ聞えるものは、船尾外輪《スターン・ウィール》の廻る音と、今の木片のあたる雨のような音だけだった。倒木は、なんとか曲りなりにもかわして過ぎた。南無三《なむさん》、矢だ！　誰か俺たちを覗っている！　とにかく河岸側の鎧戸を閉めることだと、僕は大急ぎで部屋の中へ跳びこんだ。

『ところが見ると、あの舵手の馬鹿野郎は、舵輪の把手を持ったまま、まるで手綱を絞られた馬のように、やたらに地だんだ踏んでは、歯ぎしりをしているのだ。呆れた野郎だ！　船はもう岸から十フィートとはない近くをよろめいている。重い鎧戸を閉めようと、身体を乗り出した瞬間だった、僕はたしかに見た、ちょうど僕の顔と同じ高さに、樹立の間から顔が一つ、じっと恐ろしい眼をしてこちらを睨んでいるのだった。そして一瞬、僕はまるで眼隠しでも取られたように、縺《もつ》れ合った木下闇の奥に、おびただしい赤裸な胸、腕、脚、そしてギラギラ光る恐ろしい眼をはっきり見た、――いわば叢林《ジャングル》全体が、赤銅色に光る四肢の動きに沸き返っているのだった。

『小枝は波のように揺れ騒ぎ、その間から矢が飛び出して来る。だが、やっと鎧戸が閉った。「真直ぐにやれ！」と僕は舵手に叫んだ。奴はまるで頭だけ硬直したように、前をじっと見つめている。だが、相変らず眼をキョロつかせながら、足踏みもとまらないし、口から泡まで吹いている。「コラッ、落着け！」と、僕はカッとなって怒鳴ってやった。だが、それは樹立に向って、風に揺れるなと命令するのと同じだった。僕は飛び出して行った。下の鉄甲板では、なにか足音の縺れ合う大きな物音がしている。叫喚の嵐だ。と、その中から誰か、「引返せないのかッ？」と叫んだものがある。僕はふと前方にV形に小波の拡がっているのを見た。なんだろう？　倒木だ、また！　足下の方で一斉射撃が起った。「巡礼」たちが連発銃《ウィンチェスター》の銃口を開いて、叢林《ジャングル》めがけて銃弾の雨を浴せかけているのだ。煙がムクムクと上って、ゆっくり風に流れて行った。僕は思わず「畜生！」と怒鳴った。

『もう小波も倒木も見えなかった。扉口に立って覗いてみると、矢は雨のように飛んでくる。毒矢かもしれない。だが、見たところでは、猫一匹死にそうな武器ではなかった。叢林からは喚声が湧き起った。船の方でも樵夫《きこり》たちが一せいに鬨《とき》の声を挙げた。僕のすぐ背後で、耳も聾するような小銃の音が響いた。肩越しに振り返ってみると、舵手室はまだ反響と煙とで一ぱいだった。僕はあわてて舵機に駈け寄った。舵手の馬鹿野郎、なにもかも放り出してしまい、鎧戸を開けてマルティニ銃を打っ放しているのだ。大きく開け放した窓口に、彼はギラギラ光る顔を見せて突っ立っている。僕は、持場へ帰れ、と怒鳴りつけておいて、大急ぎで船首の向きを元へ戻した。しようにも外に途はなかったからだ。あの忌々しい煙のあたりには、きっと倒木があるに決っているし、ぐずぐずしている暇はない。とにかく岸をめがけて——真一文字に、そこだけは十分水深があることがわかっていたからだった。

『船は、蔽いかぶさるように迫《せ》り出している灌木を分けて、ゆっくり押し進んだ。折れた小枝や、もがれた木の葉が、雨のように散ってきた。予期した通り、下の射撃は、水鉄砲の水が切れたように、プツリとやんでしまった。瞬間、なにかヒューッと風を切って光るものがあったのに、思わず頭を反らせると、それは操舵室の一方の窓を貫いて、そのまま今一方の窓から抜けて行ってしまった。弾丸の切れた鉄砲を振り廻し、しきりに岸に向って怒鳴り立てている例の気狂い舵手のはるか向うに目を移してみると、おびただしい人影らしいものが、腰を深く曲げて、跳ぶように、滑るように、チラチラと叢林《ジャングル》の間を駈け廻っているのが見えた。と、その瞬間、鎧戸の前に、またしても大きな黒い人影がゆらめいて、例のマルティニ銃が宙に舞って河に落ちたかと思うと、奴はすばやく後退《あとずさ》って、振り返りざま僕の顔を異様な親しみを籠めた瞳で見つめたまま、パタリと僕の足許に倒れた。彼の頭が二度ばかり舵輪に打突かり、同時になにか長い杖のようなものの端が、カラカラと転って、小さな軽便腰掛を一つひっくり返してしまった。どうやらその杖らしいものを、誰か岸の上の男からもぎ取って、そのはずみに身体の平均を失って倒れたとでもいった恰好だった。

『その時はもう薄い煙は吹き払われ、倒木の危険も完全に通過してしまっていた。前を望むと、もう百ヤードばかりも行けば、岸から離れても大丈夫のように見えた。だが、その時だった、僕は足先になにかべっとりと生温いものを感じて、思わず下を見た。奴は仰向けに倒れて、じっと僕の顔を睨んでいる。そして両手はしっかりと例の杖をつかんでいるのだ。槍の柄だ。あの窓から投げ込むか、突き出すかしたものにちがいない、それが見事に彼の脾腹《ひばら》を貫いているのだった。穂先は恐ろしい傷口を残して、見えなくなるまで刺さっていた。僕の靴はもう血塗れで、舵輪の下には、大きな血溜りが赤黒く光って淀んでいた。彼の眼は驚くほど美しい光を帯びていた。

『またしても一斉射撃が起った。彼は、その槍をなにかさも大切なもののように握りしめ、まるで僕に奪《と》られやしないかというように、じっと心配気な視線を向けている。僕は強いて彼の凝視から眼を外らせるように、一心に舵輪を握っていた。そして片方の手で、頭の上の汽笛の紐を探ると、二、三度力一ぱいに引張った。と、たちまちあの凄じい憤怒の喊声がピタリとやんだかと思うと、森の奥からは、まるでこの地上最後の希望が消えてしまったとでもいうような、悲しげな恐怖と真暗な絶望との呻きが、長く長く震えを帯びて湧き起った。

『叢林の中はただならぬ気配だった。矢の雨はたちまちやみ、名残りの銃声が二つ三つ、妙に鋭く鳴り響いた、――あとは静寂、そしてその中で、ふたたび船尾外輪《スターン・ウィール》の廻転がはっきり聞えてきた。大きく一つ取り舵を引いたのと、淡紅色《ときいろ》のピジャマを着て、ひどく興奮している「巡礼」が一人、扉口に立ったのとが同時だった。「支配人の伝言が……」と、彼は役人口調ではじめたが、突然口をつぐんだと思うと、「あっ！　これは……」と、足許の黒奴《くろんぼ》を見て叫んだ。

『僕等二人は、彼を覗き込むようにして立った。なにか訊きたげな彼の視線が、僕等二人を包んで美しく光っていた。今にもなにか僕等にもわかる言葉で話しかけて来そうに思えた。だが、結局言葉一つ発せず、手足一つ動かさず、いや、筋肉の痙攣一つなしに、静かに死んで行った。ただいま息を引き取るという瞬間だったが、なにか見えない合図、聞えない囁きにでも応えるかのように、彼ははげしく顔をしかめた。そしてそれが彼の真黒な死顔に、なんともいえぬ不可解な、まるで恐ろしい威嚇にも似た暗欝な表情を帯びさせていた。と、あのなにか訊きたげだった眼の輝きも、みるみる虚ろなガラスのように曇って行った。「君は舵がやれるんだろう?」と、僕は急きこんで代理人に訊いた。相手はあまり自信ありそうに見えなかったが、構わず僕は彼の腕をムズと摑んだ。否応なしに舵輪を握らされるものと、どうやら観念したらしい。実を言えば、僕は早く靴と靴下を変えたくてたまらなかった。「死んだんだね、」と、「巡礼」は感に堪えたように呟いた。「死んだことは間違いないさ、」と、僕は気狂いのように靴紐を引っ張りながら、答えた。「だが、それはそうと、クルツももう死んでるんじゃないかな?」

『その時、僕の頭を占めていたのは、この懸念だった。今まで必死に追い求めていたものが、まるで空しい影にしかすぎなかったと分った時のように、はげしい失望が胸を嚙んだ。もしこの長い長い旅行の目的が、ただ彼に会って話すためだけのものであったならば、おそらく僕はこんなにまで腹立たしさを感じることはなかったであろう。彼と会って語る……僕は片方の靴を河の中へ投げ込んだ。そして考えてみると、やはりそれだけ――つまり、クルッと会って話すことだけが――僕の願いであったことがわかってきた。それにこの時突然気がついたことなのだが、奇妙なことに、僕はそれまでかつてクルツのことを、彼が何をしている、かにをしているという形で考えたことは一度もなかった、いつもただ何かを語る彼としてばかり想像していた。僕は心の中で、「もう会えないだろう」とか、「もう握手を交すことはできないだろう」とかは決して言わなかった。ただ、「もう話を聞くことはないだろう」という、それだけだった。僕にとっては、ただ声としてだけ存在した彼だった。もちろんある種の行動と結びつけて考えなかったわけではない。現に彼以外の代理人を全部束にしても、彼が蒐め、交易し、騙《かた》り取った象牙の量には及ばないという話は、多分に嫉妬と感歎とを交えた調子で、僕も何度か聞かされていた。だが、そんなことは問題でないのだ。問題は、彼が恵まれた天才で、しかもその才能中にも最も著しいもの、いいかえれば彼の本質とでもいった感を与えたものは、彼の話術の才、彼の言葉――人々を眩惑し、啓蒙し、時には最も高邁な才能でもあれば、時にはまた最も下劣な天分でもあるもの、いわば人跡を許さぬ闇黒の奥地から流れ出る光の鼓動か、でなければ欺瞞の流ともいうべき表現能力だった。

『残りの片方の靴も河の魔神に捧げられた。僕は思った、「ああ、もう駄目だ！　おそかった。奴は往ってしまった。槍でか、矢でか、それとも棒でか、とにかくあの才能は空しく消えてしまった。もうあの男の話も聞けないのだ。」たしかに僕の悲しみは、あたかもあの叢林で咆吼した蛮人どもの悲しみのように、途方もない感情の濫費というところもあったろう。だが、僕は、たとえ信仰を奪われ、人生の目的を失ってしまったというような時でも、おそらくこの時ほど蕭条たる寂寥感を感じることはなかったろう……誰か、なぜそんなに物々しい溜息をつくのだ？　馬鹿げてると言うのか？　いかにも、馬鹿げてるだろう。だが、そうだ、人間一度くらいは……ああ、君、煙草をくれ給え……』

ちょっと沁み入るような沈黙があったが、一瞬パッとマッチの火が燃えて、痩せたマーロウの顔が闇の中に浮び出た、——疲れて、落ち窪んだ顔、たるんだ皺、垂れた瞼、そのくせ集中した神経の緊張がアリアリと見える。強くパイプを吸った拍子に、蛍火のような光に照し出された顔が、真暗な闇の中に、あるいは遠く、あるいは近く見えた。マッチの火が消えた。

『なるほど、馬鹿げてるかねえ！』と彼はつづけた。『もっとも一番説明しにくい問題ではあるんだが……そうだ、君等のここでの生活は、いわばみんな銘々が二人のよき隣人に繋がっている、いってみれば、二つの錨で繋がれた船のようなものだ。たとえばだねえ、一方の角を廻ると肉屋さんで、今一方はお巡査《まわり》さんといった工合さ。食欲は健康だし、気候は、――いいか、ここだぜ――ほとんど一年中平均している。その君等から見れば、馬鹿げているという。馬鹿げてる、か――ヘン、なんとでも言え、だ！　諸君、いいかね、いくら神経がいらいらするからといって、新しい靴を惜し気もなく河の中へ投げこんでしまったという、そうした男と話してるんだよ。今考えてみると、僕はよく涙を流さなかったものだと驚くくらいだ。僕はむしろ心の剛《つよ》さを誇りとしている人間だ。その僕が、あの天才のクルツ、その彼の話が聞けなくなったかと思うと、このえがたい特権を失ったことで、もういても立ってもいられなくなったというんだよ。もちろんそれは僕の思いちがいだった。特権は幸いに僕を待っていてくれたわけさ。そうだ、僕は堪能するほど話を聞くことができた。そして僕の予想も正しかった。声――彼はほとんどただ声だけだった。彼の声――いや、ただ声だ――その声を僕は聞いた――彼ばかりではない――すべての人間がただもう声ばかりだった――そして僕にとっては、あの時の記憶が、なにか漠然として、いわば途方もない饒舌――愚劣、凶暴、猥雑、残忍、そしてなに一つ意味をなさない単に卑陋きわまる饒舌のかすかな振動のように、いまもって消え残っているのだ。声、声、——そしてあの少女までが——今ではもう……』

マーロウはまたしばらく沈黙した。

『だが僕は、とうとう彼のこの才能の亡霊を、ある一つの虚偽をもって調伏してしまったのだ、』と、また突然話しはじめた。『少女！　なぜまたこんな少女のことなど持ち出したんだろう？　関係もなにもない話だのに、——ないとも、完全に。奴等——むろん女のことだよ——奴等なぞ、なんの関係があるものか——あってはならないのだ。女なんてものは、奴等だけの美しい世界の中に閉じこもらせておけばいいのだ、でなければ、僕等男の世界が悪くなる。あんな少女なぞ、もちろん論外に決っている。もう一度あのクルツの死骸を掘り起して、あの男自身の口から、「わが婚約者《マイ・インテンデッド》」という言葉を諸君に聞かせてやりたいくらいだ。そうすれば、きっと君等にも、あの女がいかに無関係だということがわかってもらえるはずだ。それにしても、あのクルツの秀でた前額骨！　頭髪というものは、いつまでも伸びつづけるものだということも聞くが、彼のは——そうだ、立派な標本になるが——実に見事に禿げ上っていた。原野の荒蕪が彼の頭を撫でたのだろうか、まるで球——象牙の球のように見事だった。荒野の愛撫が——ああ、彼の青春をしぼませていたのだ。彼を魅惑し、彼を愛し、彼を抱擁し、そして彼の血管の中に忍び込み、肉に食い入り、ついには彼の魂をすら、神秘奇怪な悪魔の誓約によって、しっかり荒野の魂に結びつけてしまった。いわば荒野に甘やかされ、荒野に亡ぼされたのだ。

『象牙の魅惑だって？　そうだろう、多分。まるで象牙の山だった。泥土造りの小屋は、象牙ではちきれそうになっていた。もうこの大陸には、地上にも地下にも、もはや一本の象牙も残っていないのではないかと思えるほどの大量だった。もっとも支配人は、「なに、大部分は《化石》だからな、」と、嚙んで吐き出すように言った。もちろん本当の化石ということではない。象牙でも掘り出した奴を、普通《化石》と呼び慣わしているのだ。この辺の黒奴《くろんぼ》たちは、時に象牙を埋めておく習慣があるらしいが、――といって彼等には、とうていあの天才クルツの眼を逃れるほど、深く埋めることはできない。もっともクルツにしてみれば、その鋭い眼ゆえに自ら宿命を招いた結果にもなったのではあるが。僕等は船艙に一ぱい積みこんだ上、まだ甲板にまで山と積み上げなければならなかった。しかもクルツは、息を引き取るまで眼の見えるかぎりは、それらを眺めて楽しむことができた。というのは、最後の瞬間まで意識ははっきりしていて、この天与の収穫に対してすっかり満足していたからだ。

『「私の象牙、」と言った彼のあの言葉を、諸君に聞かせたかった。そうだ、僕は聞いた、「私の婚約者、私の象牙、私の出張所、私の河、私の……、」一切が彼のものだった。実際僕は、今にもあの荒野が、大空の星々をも揺ぶるような高笑いをはじめはしないかと、じっと固唾《かたず》を呑んだものだ。一切が彼のものだった、――だが、実はそんなことはなんでもないのだ。問題は、その彼の魂をしっかりつかんでいたものであり、いかにおびただしい闇の力が彼の魂を占めていたかということだった。それを思うと、僕等は慄然とした。想像することさえも――不可能であり、――そして禍でもあった。彼はこの国の悪魔どもの間にその首座を占めたのだ、――文字通りにそうなのだ。

『君たちにはわからない。どうしてわかるものか。堅い動かない舗道を踏み、いま励ましてくれているかと思うと、はやもうつっかかってくるあの親切な隣人たちに囲まれ、いわゆる肉屋とお巡査《まわり》さんとの間をすまして歩いている君たち、そして醜聞と絞首台と癲狂院《てんきょういん》との神聖な恐怖の中で暮している君たちに、――どうしてあの原始さながらの土地を考えることができてたまるものか――そこはただ自由奔放な人間の足だけが、孤独と静寂とを越えて彷徨いこむ国なのだ、――完全な孤独、お巡査さん一人いない孤独――完全な静寂、世間の輿論とやらを囁いてくれる親切な隣人の声など、一つとして聞かれない静寂、――お巡査《まわり》さんも隣人も、それはほんのなんでもないものかもしれぬ。だが、これが文明と原始との大きなちがいなのだ。それらがいなくなれば、あとはめいめい生れながらの自分の力、自身ひとりの誠実さに頼るほかなんにもないのだ。

『もちろん人間の中には、道を踏み外すことさえできないほどの馬鹿もいれば、――闇の力の強さを意識することさえしない鈍感者流もいる。僕は思うに、馬鹿が悪魔に魂を売った例はないのだ。どちらだかは知らないが、――馬鹿が馬鹿すぎるか、悪魔が悪魔すぎるか、そのどちらかなのだ。もっとも中には神の姿、神の声以外にはなに一つ見えない、聞えないという、途徹もない人間放れのした聖人もいるのかもしれない。だが、彼等にとっては、もはやこの地上はただ立って呼吸をしているというだけの場所であり、――そうなることが、果して僕等の幸福だか不幸だか、知れたものではない。そして僕等大多数の人間というものは、馬鹿でもなければ、聖者でもないのだ。

『僕等にとっては、地上は生活するところなのだ。さまざまな物も、音も、そして臭気も、じっと我慢しなければならない――いわば河馬の腐肉を嗅ぎながら、しかも毒気に当らないようにしなければいけないのだ。それでこそ――どうだ、わからないかね？――僕等の力が、そうだ、あの人目につかぬ穴を掘って商品を埋めておくというような能力に対する自信が、湧いてくるのだ、――一つの献身の力だ。もちろん自分自身に対してではない、ある暗い、背負い切れない仕事に対する献身なのだ。そこが難しいところだ。いいか、僕は言訳をしたり、説明しようとしているのではない――ただ自分自身に対して、――あのクルツ、――いや、彼の亡霊を説明しようとしているのだ。秘義を伝えて、「無可有《ノーホエア》」の奥から来たこの亡霊は、僕にこの驚くべき確信を贈って消えてしまった。だが、それも亡霊が英語を話せたからだ。

『生身のクルツは半分イギリスで教育を受けた、そして――彼自身そう言ってくれたが――もともとは憐れみ深い人間だったらしい。母親は混血のイギリス人であり、父親も同じく混血のフランス人だった。いわばヨーロッパ全体が集って彼を作り上げていたといってよい。そしてそののち知ったことだが、彼は国際蛮習防止協会から、将来の参考のために、報告書を書いてほしいと頼まれていたらしいのだ。まことに適当な人を得たものというべきだが、事実彼はそれを書いていた。僕は実際見もし、読みもした。実に雄弁、というよりはまるで一語一語が躍動しているような雄弁さだったが、但し、あまり興奮しすぎて調子が高すぎるというところもあった。だが、とにかくぎっしり細字で十七頁、そんなものを書く余裕すらもっていたのだ！

『もっともそれが書かれたのは、彼の神経が——なんというか——まだ常態であって、あの口にするも恐ろしい祭式に終る深夜の乱舞が——しかもそれは、いろいろその後聞いた話から、そう解せざるをえないのだが、——いいかね、——わざわざクルツのために催されたらしいのだが、——それの主宰役を彼がまだ勤め出す前のことだったがね。とにかく美しい文章だ。ただ今にして思うと、書出しの一節が、その後僕の得た知識と思い合せて、なにか異常に不吉な印象を与える。冒頭まず僕等白人が、現在到達している文明の高さから考えて、「彼等(蛮人)の眼に超自然的存在として映るのはやむをえない、——吾々はあたかも神の如き力をもって彼等に接するのである、」云々、というような議論ではじまり、「吾々はただ意志の働きだけで、ほとんど無際限の道徳的能力を行使することが可能である、」云々といった調子で、あとは天馬空を行くの概《おもむき》に、僕は完全に魅了されてしまった。

『結論については、あまりよく憶えていないが、とにかく雄大なものだった。それはなにか荘厳な「仁愛《ベネヴォレンス》」の支配する、異郷的「無限さ《インメンシティ》」とでもいったものを思わせた。僕でさえもがなにか情熱の疼きを覚えた。まことに雄弁——つまり言葉——しかも燃えるような崇高な言葉のもつ無際限の力を示していた。まるで魔法にも似た章句の奔流を中断するような、かりにも実際的な言及などはなに一つない。あったとすれば、ただ最後の頁に脚註風のものが一つ、震える手で、明らかにずっと後になって書き込んだものに相違ないが、いわば方法の提示とでもいったものがあるだけだった。だが、それとてもきわめて簡単なもので、ありとあらゆる愛他的感情に切々と訴えてきた最後に、まるでそれは稲妻が一閃、静かな大空を劈《つん》ざくにも似て、恐るべき閃光を投げかけていた。曰く、「よろしく彼等野獣を根絶せよ!」と。しかも面白いことは、この貴重な後記については、彼がまるで忘れてしまっていたらしいことで、それは彼が一時ある程度意識を回復した時、繰り返し僕に、この「我輩のパンフレット」(と、彼はそう言った)をどうか大切にしまっておいてくれ、今後の自分の経歴にとって、きっとためになるものにちがいないからと、頼んでいたに見てもわかる。すべてこれらのことについては、僕はよく知っているし、それにいろんな行き掛り上、自然僕が彼の死後の世話を見なければならないことになった。その点に関しては、僕は十分つくしたつもりだ。したがって僕の意志次第で、この際彼の思い出そのものも、進歩というゴミ箱の中に、一切のゴミ屑や、たとえていえばあらゆる文明の斃猫《へいびょう》と一緒に、永久に葬り去って少しも差支えないはずだ。だが、いいかね、僕としてはどうしてもその気になれない。いくら忘れようとしても忘れられない人間なのだ。

『とにかく彼は平凡人ではなかった。野蛮未熟な魂を、あるいは魅了し、あるいは威嚇して、彼を讃える危険な魔女の踊りに引込むだけの異様な魅力は具えていたし、またあの「巡礼」たちの卑小な魂を激しい不安に駈り立てることもできた。それに少くとも一人の献身的味方を持っていた。野蛮未熟でもなければ、利己的動機によって汚されてもいない一つの魂を、立派に彼は征服していた。そうだ、僕は決して彼を忘れることができない。ただそれだからといって、僕は、あの男の価値が、果して僕等が彼をたずねて行くために失ったあの生命に値したか、そこまで断言するつもりはない。むしろ僕は、死んだ舵手のことをどれだけ悲しんだかしれない、──まだ死骸が操舵室にある時から、僕は彼の死をひしひしと感じていた。

『多分諸君は、わからないと言うだろう、サハラ沙漠の砂一粒ほどの値もない蛮人一人の生命だ、それをそんなに悲しむなどとはね。だが、いいかね、あれでもとにかくすることはしたんだ、ちゃんと舵は取ってくれたんだからねえ。何カ月間、奴は僕のすぐ背後に立って、──助手、──手先といった役目はしてくれたのだ。一種の協力者とも言えたろう。僕のかわりに舵輪を握ってくれたし、──一方僕としてもいろいろ面倒を見てやったり、いろいろその欠点にこそ手を焼いたが、それだけに微妙な心の繋がりができていた。それは、いま突然プッツリと断れてみて、はじめて気がついた。あの彼が傷を負った時、じっと僕の顔を見た底知れぬ親愛に充ちた表情は、――いわば人生至上の瞬間に突如として確認される遥かな肉親の繋がりのように――いまなお僕の記憶にはっきり残っている。

『可哀そうな奴だ！　あの鎧戸をそのままにしてさえおけばよかったのに……ちょうどあのクルツに似て――彼もまた自制、あの自制というものを知らなかった、――風にゆすぶられる樹立だった。僕はきれいなスリッパに穿きかえると、まず彼の脇腹から槍を抜いて、死骸を外へ引ずり出した。正直に言うが、抜く時には僕も眼を開いてはいられなかった。彼の両踵が低い敷居をはね越えた。僕は死骸の肩口をしっかり胸に当てて、背後から力一ぱいに抱き寄せた。恐ろしく重かった。あんなに重い男を僕は抱いたことがない。だが、引き出してからは、もう大した造作もなく、河の中へ転がしこんでやった。流は、まるで一束の草の葉のように、死骸を呑んだ。二度ばかり輾転したかと思うと、そのまま永久に見えなくなってしまった。

『その間支配人と「巡礼」たちとは、揃って操舵室の傍の日覆の下に集まり、まるで興奮したカササギの群のように、なにか喋っていたが、よく聞くと、あまりにも手早かった僕の跡片付に対して、心ないひどい仕打ちだというようなことを呟いているらしかった。だが、いったい何の用があって、あの死骸をいつまでも置いておきたいのだろう？　防腐の処置、なるほど、そんなことかもしれない。

『だが、下の甲板では、もっと忌わしい不満の声を聞いた。あの忠実な樵夫《きこり》たちが、これまた不満だというのだが、これには一応もっともな理由があった、――もっともその理由自体がすでに、とうてい許すべからざるものではあったがね。そうだ、もちろん許せないとも！　つまり死んだ舵手の遺骸は、当然みんなの食用に供すべきだったというのだが、もしどうしても餌食にしなければならないとすれば、僕は断然魚の餌食にしてやろうというつもりでいた。生きている間はなんとも下手糞な舵手だった。だが、こうやって死んでみると、案外すばらしい魅惑、そしておそらくは飛んでもない面倒な事件の原因《もと》にならないともかぎらないと見ていたからだ。おまけに僕としては、一時も早く自分で舵輪が握りたかったのだ。というのは例の淡紅色《ときいろ》のピジャマを着た「巡礼」に至っては、操舵の腕などまったくのゼロなことはわかっていたからだ。

『だから、この簡単な葬式がすむと、僕はすぐに交代した。船は河のちょうど中流を半速力で進んでいたが、周囲の話声にはできるだけ聴き耳を立てていた。彼等はもうクルッにも出張所にもはっきり見切りをつけていた。クルッは死んだ、出張所は焼かれた、等、等と、すべてそういった調子だった。そして例の赤毛の「巡礼」などは、少くともクルッの仇は存分に取ってやったなどと、まるで夢中になってのぼせているのだった。「どうだ？　あの叢林《ジャングル》じゃ、ずいぶんやっつけてやったはずだぜ。ええ？　どうだ、そうだろう？　ねえ？」実際、彼は雀躍《こおど》りして狂喜していた。殺人鬼、人参頭の乞食野郎、つい先刻は手負い一人見ただけで、危うく失心しかけたくせに！　僕はたまらなくなって、「そうだ、ポッポッと煙だけは威勢よく出てたようだねえ、」と言ってやった。僕は、あのとき叢林の頂だけがざわめいて、木の葉が乱れ飛ぶのを見て、あれじゃまず大半は照準が高すぎて無駄弾だということはちゃんと見て取っていたからだ。そもそも銃というものは、しっかり肩口に当てて狙わなければ当るものでない。それをこの連中と来た日には、すべて腰だめで、しかも眼をつぶって射っているのだ。僕は確信をもって言ってやった、――そしてまたその通りだったのだが――逃げたのは汽笛の音に驚いただけの話だ。だが、そう言ってやると、たちまち奴等は、クルッのことなど忘れてしまって、憤然として僕につっかかってきた。

『支配人は舵輪の傍に立って、とにかく暗くなるまでに、もう少し逃げておかなければいけないと、そっと低声で囁いた。だが、ちょうどその時、僕ははるか前方に、河岸を伐り払って、そこになにか家らしいものが立っているのを見た。「なんです、あれは？」と僕は訊いた。彼は思わず手を拍って驚いたが、その次には、「出張所だ！」と叫んだ。僕は、半速力のままでじっと距離を詰めて行った。

『双眼鏡を覗いてみると、丘陵の傾斜面になったあたりが、まばらに樹は生えているが、下生えは完全に伐り払われ、ちょうどその頂にあたるところに、長い、もう朽ちかかった建物が一つ、伸びた草の中に半分埋まっている。尖った屋根の大きな穴が、点々と遠くからでも黒々と見えていた。背後一帯は叢林《ジャングル》と森林だった。柵とか、囲いとかいったものは全く見えなかったが、もとはあったらしいことは、粗削《あらけず》りのままの細い杭のようなものが五、六本、頭になにか木彫の円い球らしいものを装飾に着けて、家の近くに並んでいたのに見てもわかる。横木というか、その間をつないでいたものは失くなってしまっている。もちろん周囲は全部森林だ。河岸はきれいに伐り払われ、水際には車の輪のような形の帽子を被った白人が一人、しきりに腕を振ってさしまねいていた。上流から下流へ、森の尽きているあたりをうかがうと、たしかに人影が――あちこち匍うように動いている。僕は用心しながら船を進め、やがてエンジンをとめると、そのまま惰性にまかせた。岸の男は、大声をあげて、上陸せよと言い出した。「襲われたぞッ、」と支配人が怒鳴った。「わかってるよッ、——わかってる。なに、大丈夫だよッ、」と、これはまた恐ろしく元気な声が返ってきた。「さあ、来た、大丈夫だ。よく来たねえ。」

『彼の様子は、なにか今まで見たことのあるもの——どこかで見た、なにか面白いものを連想させた。船を横付けにしながら、僕はひとり呟いていた。「なにに似てたっけかなあ？」ああ、わかった。あの道化のハーレキンに似ているのだ。服は褐色のオランダ麻かなにかでできているらしいが、それがまた満身補綴《つぎはぎ》だらけなのだ、——青、赤、黄と、恐ろしく派手な補綴布《つぎきれ》——それが背中といわず、前といわず、膝にも、肱にも、——上衣の縁取りも、なにか色物であれば、ズボンの裾の縁飾りに至っては、真赤ときている。おまけに日が当ると、彼の姿は突拍子もなく派手に、また驚くほどしゃれて見える。つまり、それほどこの補綴《つぎはぎ》の仕上りは美しくできていたのだ。鬚のない、どこか子供っぽい顔、金髪白皙だが、顔にはこれといって特徴はない。皮の剝けかかった鼻、小さな碧い眼、微笑と渋面とが、まるで晴れては曇る風の日の野面のように、明るい顔の上で追い駈けっこをしていた。

『「船長、気をつけて！」と彼は叫んだ。「昨夜、またそこに倒木があったからね。」なんだと！　また倒木か？　お恥かしいが、僕は思わず、糞ッ！　と怒鳴った。危うくオンボロ船に大穴を開けて、せっかくの愉快な旅もおしまいにしてしまうところだった。岸の上のハーレキンは、突然僕の方に獅子鼻を向けると、「イギリス人だな、あんたは？」と、顔中を微笑にして訊いた。「君もかい？」と、僕は舵輪を握ったまま訊き返した。と、たちまち彼の微笑が消えて、いかにも失望させてすまないと言わんばかりに、首を左右に振った。だが、また明るい顔にかえった彼は、「なに、大丈夫ですよ、」と、まるで僕を励ますように叫んだ。「まだ間に合ったかねえ？」と僕は訊いた。彼は「なに、上にいるよ、」と答えて、頭で一つしゃくるように丘の頂の方を指し、またしてもサッとあの暗い表情になった。曇ったかと思えば、たちまちカラリと晴れる、まるで秋の空だった。

『爪の先まで武装した「巡礼」どもに衛《まも》られて、支配人が上陸すると、入れ代りに彼が船へ上って来た。「ねえ、僕はこれがいやなんだ。土人たちは叢林《ジャングル》の中に潜んでるんだろう？」と僕は言った。と彼は、真剣になって、大丈夫だと言う。「なに、単純なもんですよ、奴等は。それよりも本当によく来ましたねえ。奴等を近づけないように、僕はもう毎日それればかりでしたよ。」「でも、大丈夫だと言ったじゃないか?」と僕は言った。「ええ、危害を加えようなんて、そんな気はないんですが、」と彼は答えたが、僕が思わず眼を瞠ったのを見ると、あわてて言い直した。「もっともそうばかりとも言えませんがね。」そして今度は急に生々となって、「ねえ、この操舵室を掃除しなくちゃァ、」と言ったかと思うと、もうその次には、汽罐《ボイラ》の蒸気は冷さないようにしておかなければいけない、いつなんどき汽笛を鳴らさなければならんことがあるかもしれないから、と言ってくれる。そして「汽笛を一つブーッとやる方が、小銃などよりよっぽど効き目があるんだからねえ。とにかく単純なんですよ、」とまたしても言う。とにかく僕の方でタジタジとなるほど、ペラペラまくし立てるのだ。まるで周囲の静寂に埋め合せでもしているかのようだったが、現に自分でも笑いながら、そうだ、その通りだと言うのだから世話はない。

『「クルツさんと話はしないのかね?」と僕は訊いてみた。「話をするなんてもんじゃありませんよ、――こちらはただ聞くだけですよ、あの人の話をね、」と、彼は得意満面に答えたが、そこで腕を一つ大きく振ったかと思うと、「でも、それももう……」と呟きながら、たちまち悄然とした失望の表情に一変した。が、すぐまた見るまに元気を取りもどしたかと思うと、僕の両手を摑んで、しっきりなしに振りながら、相変らず早口で、「仲間の船乗り……光栄だ……名誉だ……僕の履歴をいうと……ロシア人……高い地位の牧師の子……タムボフの政府……」というようなことを切れ切れにしゃべり立てた。「なんですって？　タバコだ！　イギリス・タバコ、すばらしいイギリス・タバコだ！　どうも有難う。煙草をやるかって？　煙草をやらない船乗りなんて、そんなものがあるもんですか。」

『煙草を喫うと、彼も少しは落着いてきた。結局彼の言ったことを綜合してみると、学校を飛び出して、ロシア船の船乗りになったが、これも飛び出してしまって、しばらくイギリス船にも乗っていた。今では親父の牧師とは和解ができているということらしい。とりわけ最後の点を強調していた。「人間ってものは、若い時分に、いろんな物を見、いろんなことを経験し、心を拡げなくちゃ駄目ですからねえ。」だが、僕は、「こんなところでかい、まさか！」と、ちょっと水を差してやった。「いや、そんなことわかるもんですか。現にクルツさんに会ったのも、ここですからねえ、」と、いかにも若者特有の生真面目《きまじめ》さで僕をたしなめるように言う。そう言われては、僕としてはもう言うことはなかった。ところでその後の彼だが、海岸地方のあるオランダ貿易商会に談じこんで、商品を分けてもらうと、そのまま奥地へ出発したものらしい。まことに呑気なもので、なにが起るかなどと、そんなことは赤ん坊同様考えたこともなかった。その後二年間ばかりも、この河の流域を、一切の外界と一切の人間から切り離されて、一人きりで放浪していた。

『「見かけよりも年を食ってるんですよ。二十五なんですがね。最初ヴァン・シュッテンさんからは、うるさい、往っちまえって言われたんですが、(と、彼は実に楽しそうに話すのだった。) 僕はあくまで頑張って、朝晩のべつ幕なしに口説きたてたもんだから、とうとう安物の商品を少しばかりと、小銃を二、三挺渡してくれて、もう二度とお前の顔など見たくないって、そう言われたもんですよ。でも、いい親爺だったなあ……一年ほど前に、僕は少しばかり象牙を送り届けておきましたよ、この次ぎ帰った時に、泥棒だなんて言われたくありませんからねえ。受け取ってくれたと思いますよ。あとはもうどうだっていい。そうそう、あなたがたのために、少しばかり薪を積んでおいてあげたのだが、あれが僕の以前の家ですよ。御覧になりました?」

『僕は例のタウスンの本を返してやった。まるで僕に接吻でもしたそうな恰好だったが、流石にそこまでは自制したらしい。いかにも嬉しそうに本を見ながら、「ええ、この本だけ忘れて来たんですよ。失くしたものとばかり思ってたんですが。一人で旅して御覧なさい、そりゃいろんなことがありますよ、――独木舟《まるきぶね》がひっくりかえるというようなこともあれば、――土人たちを怒らせて、大急ぎで逃げ出さなければならないこともある……」言いながら彼は、懐しそうに本のページを繰っていた。「君はなにかロシア語で書入れしてるね？」と僕は訊いた。彼は肯いた。「僕はまた暗号ででも書いてあるのかと思った。」すると彼も一緒になって笑ったが、すぐまた真面目な顔になると、「土人たちを近づけないために、ずいぶん骨を折りましたよ、」と言った。「やはり君等を殺しに来たのかね？」と僕は訊いてみた。だが、「飛んでもない、」と彼は叫んだかと思うと、怒ったような顔になった。「じゃ、なぜ僕等を襲ったのだい？」と詰め寄ると、これには彼もちょっと詰って、オドオドしながら、「あの人が往っちまうのを、いやだと言ってるんですよ。」「ええ？」と、思わず僕は乗り出した。彼はなにか神秘と智慧に輝いたような表情を見せて肯いた。「ええ、本当なんです、あの人は私の心を広くしてくれました。」彼は大きく両腕を拡げたかと思うと、小さな碧い円瞳《つぶらひとみ》を一ぱいに見開いて僕を見た。

三

『僕は驚嘆の目を瞠って眺めていた。まるで茶番一座からでも脱走して来たような道化服を着て、彼は立っている、――情熱の塊のような、そのくせ奇怪きわまる彼が、――彼の存在そのものが、嘘のようで、不可解で、まったくわからなかった。いわば解答不能の問題なのだ。どうして生きて来たものか、どうしてここまで来たものか、それともどうして今まで生き残っているものか、――いや、どうしていま目の前で忽然と消え失せてしまわないのか、――僕には全然不可解だった。「私は少しずつ、少しずつ進んでいるうちに、」と彼は言った。「とうとう深入りしすぎて、今さら帰る途もわからなくなってしまったのです。だが、なに、そんなことは平気ですよ。人生は長い。なんとかやってみせますよ。それよりも早く――早くあのクルッさんを連れて行って下さい、お願いですから。」破れた雑色服も、窮乏も、孤独も、そして空しい放浪そのものの寂寥も、それは不思議な青春の魅惑に包まれていた。幾月となく――いや、幾年となく、――彼の生涯は、いわば毎日が明日を知らない生命だった。ただ勇敢に、向不見《むこうみず》に生きて来た。どう見ても、ただ若さと無分別な大胆さとだけが、破壊の力に堪えさせたのだ。僕は、いつのまにか感嘆——というよりはむしろ羨望の念に打たれていた。

『ただ魅惑が彼を駆り立て、魅惑が彼をまもっていたのだった。おそらく彼はこの荒野にも、ただ胸を張って大きく呼吸をする空間、そしてさらに分け進むべき空間、それだけを求めているにすぎないのだろう。彼の要求はただ生きること、そしてあらゆる危険を冒し、あらゆる窮乏に堪えて前進すること、ただそれだけだったのだ。もし一度でも人類の精神を、絶対に純粋、非打算的、そして非実際的な冒険精神が支配したことがあるとすれば、まさしくこの道化服の若者の姿こそそれだったろう。謙虚でいて、しかも曇りない情熱に憑かれたこの男、僕には彼が羨しかった。自我意識というものが、跡形もなく焼き尽されているらしく、現に彼と話している時でさえ、僕等はいま眼の前のこの若者が——こうした経験の持主であることなど——完全に忘れてしまうのだ。なにも僕は、クルツに対する彼の献身が羨しいというのではない。彼としては、そんなことなど考えてもいないのだ。それは、いわばおのずから彼に来て、彼はただそれを宿命のような熱意をもって受け容れているにすぎない、僕はむしろこう言いたい、このことこそ彼にとって、おそらく彼が遭遇したあらゆる意味でもっとも恐ろしい危険だったのではなかろうか、と。

『彼等二人は、いわば相近接してそのまま無風帯に閉じこめられ、ついに接舷するに至った二隻の船とでもいうような、完全に宿命的な出会だった。思うにクルッは聴き手が欲しかったのだろう。現に彼等は、あるとき森で野営した夜など、文字通り夜を徹して語り合った、いや、おそらくはクルッの方で語り明したのだった。「私達はそれこそあらゆる問題を論じましたよ、」と、彼はその頃の想い出を恍惚として語った。「眠りなんてものがあることを、私は全く忘れていました。一晩が一時間の長さにも思えない。それこそあらゆる問題！　あらゆる問題なのです……そうです、恋愛の問題まで。」「ほう、あの男が恋愛をねえ、」と、僕も思わず乗り出して訊いた。「ええ、でも貴方がたの考えておられる恋愛とはちがうんですよ、」と、彼の声はほとんど興奮に上ずっていた。「もっと一般的な恋愛についてなんです。あの人は私の眼を開いてくれました、――私の眼をね。」

『彼は両腕を高く上げた。その時僕等は甲板にいたが、ふと近くをブラブラしていた例の樵夫頭《きこりがしら》が僕等の方を見ると、じっとあの暗欝に光る眼を彼の方に向けた。僕は四辺《あたり》を見まわした。なぜか知らぬが、僕にはこの時ほど、この大陸が、この河が、この叢林《ジャングル》が、そしてこの燃えるような蒼穹《おおぞら》さえもが、かくも暗く、かくも絶望的に、またかくも強く人間の思惟を拒む神秘として、かくも人間の弱さに対して冷酷に見えたことはなかったように思う。「で、もちろんそれ以来ずっと一緒だったんだね？」と僕は訊いた。

『ところが、事実はおよそ反対だった。彼等の接触は、いろんな理由でしばしば断たれたものらしい。得意そうに彼は言った、二度までも彼はクルツの病気の看護をしたと言うのだった。（それをまた、まるでどんな危険な冒険でもやったかのように語るのだった。）もっともたいていは、クルツはただ一人森の奥へ彷徨《さまよ》い込んで行ったらしい。彼は言った、「ここへ来ても、あの人が帰るまで、何日も何日も待たなくちゃならんことがよくありましたっけ。でも、結構待ち甲斐があるんですよ――時にはね。」僕は訊いてみた、「いったいなにをしてるんだね？　探険かね？　それとも……」「もちろんそうですとも、」と彼は答えた。それによると、彼はおびただしい村落や、それに湖水まで一つ発見したということだ、――もっともそれらがどこだかは、若者自身もはっきり知らなかったし、あまり穿鑿《せんさく》するのは危険でもあった――だが、もちろんたいていは象牙集めのためだったことはいうまでもない。「だが、その時分には、もう交易するにもこちらには品物がなくなってたんじゃないかね？」と僕は疑問を発してみた。「ほら、今でもまだおびただしい薬莢が残ってるでしょう、」と、彼は遠くを眼で指しながら言った。「じゃ、露骨に言ってしまえば、掠奪だね？」と僕は言った。彼は肯いた。「むろん一人でじゃあるまい！」と彼は、なにか湖水の周りの村がどうこうしたとか、口の中で呟いていたが、僕は追いかけるように、「じゃ、その部落民もクルツの手下だったんだね？」と鎌をかけてやった。

『彼はちょっとあわてたようだったが、すぐ、「だって土人たちは、あの人を神様のように思ってたんですからね、」と答えた。その調子に僕はなにか異常なものが感じられたので、探るように彼の顔をじっと見つめた。奇妙なことにクルツの話になると、彼は進んで話したいようでもあり、また話したくないようでもある、どうやら彼の生活も、思想も、感情も、すべてあの男一人に占められ、揺ぶられているらしいのだ。「どうお考えになるかしらないが、」と、彼は堰を切ったように話し出した。「あの人は、それこそ土人たちに雷親爺のような態度で臨むんですからね、——土人たちとしてもはじめての経験だったでしょう——死の恐怖です。そうです、一っちがえばとても恐ろしい人でした。とても普通の人間を見る眼で、あのクルツさんを判断しちゃ駄目ですよ。いいえ、とても、とても！　そうです、――ほんの一例ですが、――なに、言ってしまってもいいでしょう、あの人はこの僕をさえ一度射殺しようとしたんですからねえ。――もちろん僕は、そのことであの人を判断しようとは思いませんがね。」「君を殺す！　そりゃまたなぜだね？」と僕は叫んだ。「いや、僕が近所の酋長からもらって、少しばかり象牙を持ってたからなんです。ねえ、僕はよく土人たちに鳥や獣を射ってやったでしょう。だからなんですが、あの人はそれをよこせという、そしていくら訳を言っても肯いてくれないんですよ。

『「さっさと象牙を渡して、どこかへ行っちまえ、でなければ射つぞ、とそう言うんです。俺は射とうと思えばほんとうに射つ、それに象牙が欲しくなったんだ、一旦俺が殺してやろうと思えば、もう誰がなんと言っても、とまらないからそう思え、とそう言うんですよ。しかもそれは嘘じゃないんですからね。僕は象牙を渡しました。そんなものはちっとも惜しくなかった。でも、立退くことはしませんでした。いいえ、決して。だってあの人を離れて行くなんて、そんなことができるもんですか。もちろん仲直りができるまで、しばらくは気をつけなければなりませんでした。が、ちょうどその時、あの人が二度目の病気にやられたんです。その後僕はあの人と離れなければならないことになりましたが、そんなことはどうだっていいんで。あの人はたいてい湖畔の村に住んでました。そしてときどき河の方へ下りてくると、仲直りすることもありましたが、やはり時には用心した方がいいときもありました。とにかくあの人は、あまりにも苦しんでいました。本当はすべてこうしたことを心から憎んでいたのですが、そのくせどうしたものかやめられなかったのです。

『「機会のあるごとに、僕は今のうちにおやめになったら、と言ってみました。なんなら僕も一緒に帰ってもいいとまで言いました。あの人はいつも、じゃ、そうしようとは言うのですが、結局そのままになり、またしても象牙狩に出かけて行って、それっきり何週間も帰って来ない。土人たちの間に入って、なにもかも、――そう、自分を忘れてしまうのです、――ねえ、わかるでしょう。」「ああ、気が狂ってたんだね、」と僕は言った。が、すると彼は、たちまち色をなして言うのだった。断じて気狂いじゃない。一昨日《おととい》でもまだ間に合ったのだが、もし一度でもあの人と親しく話をして御覧になれば、よもやそんなことはおっしゃらなかったでしょう、と言うのだ。……僕は話しながら、双眼鏡をとって河岸の方、あの家の両側から背後を囲む森の縁辺《へり》あたりをずっと眺め廻していた。あの叢林《ジャングル》の中に、ひっそりと静まり返って、――そうだ、まるで丘上の廃家のように、――土人たちが潜んでいるのかと思うと、僕は異様な不安を覚えた。ただ打ち見たところの自然には、あの凄愴な絶望の叫びや、途切れ途切れの言葉や、そして深い溜息に終る暗示などの形で、語られるというよりは、むしろ髣髴させられたといった方がよいこの恐ろしい物語を思わせるような兆候《しるし》は、なに一つ見えなかった。森は凝然として仮面のように動かない――秘密の知識、気長い期待、近づき難い沈黙を秘めて、――まるで閉ざされた牢獄の扉のように重たげだった。

『ロシア人青年の話は依然としてつづく。クルツがあの湖畔部落の戦士たちを引き連れて、河へ下りてきたのはつい最近であったという。その前すでに彼は数カ月間も――おそらく神様のように仰がれてだろう、――出張所を留守にしていた。そしてこの時突如として現れたのだが、目的は明らかにどこか河向うを、でなければ河下を、襲撃するつもりだったらしい。またしても象牙への慾望が、――なんと言ったらいいか――もっと小さな一切の慾望を征服してしまったのだ。だが、その時彼の容態が急に悪化した。「どうすることもできないで寝ていると聞いたもんですから、僕は飛んで来たのです。――この時こそと思いましてね、」と若者は言った。「ああ、ところがひどく悪い、危篤なんです。」僕は眼鏡を家の方に向けた。人の住む気配はさらに見えなかった。ただ壊れた屋根、草叢の上から覗いている泥壁、そしてそれぞれ大きさのちがう小さな角窓が三つ、それらがまるで手を伸ばせば届きそうな近くに見える。それからまたふと視線を転じると、突然あの朽ち落ちた柵の名残の杭が一本、視野の中に飛びこんできた。

『諸君は憶えているかしら、前に僕は、遠くから見た時、この杭の尖端《さき》の装飾らしいものが、なまじ四辺《あたり》の風物が荒涼としているだけに、むしろ異様に感じられたと言ったね。ところが、今それが突如として目の前に見えたのだ。最初は僕は、まるで棒ででも一撃食った時のように、思わず頸を反らせた。だが、次の瞬間には、僕は一本一本ていねいに眺めて行った、そしてとんだ思いちがいに気がついたのだった。つまり、あの円い球は装飾ではなく、むしろ重大な象徴だったのだ。まことに驚くべき、しばらくは完全に理解に苦しむものだった、——次々と僕の胸には雲のように思いが湧き起ったし、もしまた空から見下す兀鷹《はげたか》でもいたならば、それこそ恰好の餌食だったにちがいない。少くともあの杭を匍い上る勤勉な蟻の群にとっては、まさにすばらしい饗宴だったはずだ。

『もしあの杭の尖端《さき》の首が、家の方を向かないでいたならば、さらにはるかに印象的な観物だったろうと思う。つまり、こっちを向いているのは、最初に僕が見た一つだけだったのだ。もちろん僕は、諸君の想像するほど魂消《たまげ》たわけではない。最初思わず頸を反らせたというのも、それは単純な驚きの反応にすぎなかった。僕としては、せいぜい木の球かなにかを想像していたにすぎないからね。僕はもう一度ゆっくりと最初の奴を見直してみた、――やっぱりそうだ、真黒に乾涸《ひから》びて、瞼は閉じたまま、肉はすっかり落ちつくしている、――まるで杭の天頂《てっぺん》で静かに眠っているかのようでもあり、乾涸びて萎びた唇からは、真白な歯並さえ細く見えている。まるでそれは微笑――いや、あの永久の眠りに浮ぶ、涯しない、おどけた夢をでもたえず笑っているかのように見えた。

『僕はなにも商売の秘密を曝露しているのではない。実際その後支配人は、クルツのやり方がこの地域を荒廃させてしまったのだと言った。そこまでは、僕もなんとも言えない。だが、僕の言いたいのは、こうしてあそこに首を残しておいたことは、実はなんのためにもなっていなかったということなのだ。言えることは、クルツという男が、いろいろ彼の慾望を充す上において、自制心というものを欠いていたこと、つまり、彼の中にはなにか足りないものがあった、――いや、それはたしかにくだらないことにはちがいなかったが、いざ差し迫った必要が起った場合、彼のあの雄渾な雄弁にもかかわらず、やはりなにか欠けたものがあったということなのだ。彼自身この欠点に気づいていたかどうか、僕にもわからない。最後にはたしかにわかっていたらしいが――それはもう文字通り最後の瞬間だった。だが、荒野はすでに早くからそれを見抜いていた、そして彼の馬鹿げた侵入に対して、恐ろしい復讐を下していたのだった。思うに荒野は、彼自身も知らなかった彼、――そうだ、それは彼自身もこの大いなる荒野の孤独と言葉を交すまでは夢想さえしなかったものだが、――その彼に関して、いろいろと絶えず耳許に囁きつづけていたのだった、――しかもこの囁きは、たちまち彼の心を魅了してしまった。彼の胸の奥底が空虚《うつろ》だっただけに、それはなおさら彼のうちに声高く反響した。……僕は双眼鏡を置いた。と、今まで話しかけられそうに近々と見えていた首は、たちまちまるで大空の涯へでも跳び退いたかのように見えた。

『これには、このクルツ礼讃者も多少悄気《しょげ》たようであった。彼はひどく早口な、わかりにくい言葉で、自分もあの――象徴《シンボル》とでもいうか――あれだけは、取り除けるわけにいかなかったのだ、というような言訳を、しきりにはじめた。なにも土人が恐かったのではないという。クルツの命令がないかぎり、彼等は決して騒ぐことはしない。彼の権勢はそれほどだった。彼等の部落は、グルリと出張所を囲んでいて、酋長たちは毎日彼の機嫌伺いに伺候した。文字通り匍匐してくるのだという……だが、僕は大声で、「もうその話は聞きたくない、どんな風にしてクルッのところへ来ようと、そんな儀式のことは一切知りたくない、」と言ってやった。考えても不思議なのだが、いずれその話は、あのクルッの家の窓の下で、杭の尖端《さき》に乾涸《ひから》びている首よりも、もっとたまらない話にきまっていると、なぜかふとそんな気がしたのだった。考えてみれば、これもまた蛮習の一つにすぎないだけの話、だが、僕には、なにか一瞬にして恐ろしく暗い恐怖の闇黒世界へでも運び去られたような気がしたのだ。それに比べれば、ただ直情、率直な蛮習などは、むしろホッとさせる救いでさえあった。思うにそれは、まだ白日の陽の下に――当然――存在の権利をもっているといってもよかったからだ。若者は、呆れたよう僕の顔を見た。僕にとって、クルッは決して偶像ではない、その事実にさえ彼は気がつかないらしいのだ。僕はあの――なんだっけか――そうだ、恋愛、正義、善行、――その他いろいろな問題について、まだクルッのすばらしい独白を聞いてはいなかった、それさえ彼は忘れていたのだ。クルッの前に平突張《へいつくば》るといえば、彼こそむしろ土人たちの誰よりももっとも典型的な奴隷だったのだ。

『彼はまた、あなたは当時の事情を知らないからです、とも言った。この首はみんな叛逆者の首だと言うのだ。僕はいきなり大声で笑い出したが、これには彼もひどく驚いたらしかった。叛逆者だと！　いったいどういう定義をするつもりなのだろう？　すでに敵があり、罪人があり、労役者があった、——そして今度は叛逆者だ！　あの杭の尖の叛逆者たちは、僕の眼には至極従順そうに見えていた。「あなたにはおわかりにならないんだ、こうした生活が、どんなにクルッさんのような人を苦しめるか……」と彼の最後の弟子は叫ぶのだった。「なるほど、じゃ、君は？」と僕は言った。「僕！　僕ですって？　僕はつまらん人間ですよ、偉大な思想なんてなに一つない。そのかわり他人に対してもなんにも要求しない。比べるにもこと欠いて、その僕と……」もう胸が一ぱいになって口が利けないらしいのだ。プッリと黙ってしまった。「ああ、僕はもうなにがなんだかわからない」と、彼は呻くように言った。「僕はただ一生懸命にあの人の生命を助けようとしている、それだけで沢山なんです。今度のことには、僕は少しも関係ない。そんな能力のある人間じゃないんです。ここじゃもうこの何カ月か、一滴の薬も、一口の病人食もないんです。ずいぶんひどい見放し方ですよ。あの人、あのすばらしい思想の持主をね！　恥じるがいい！　恥じるがいい！　ボ、ボクは、この十日間というもの、一睡もしていないんですよ……」

『彼の声は薄暮の静寂の中に消えて行った。話している間に、いつのまにか森の影は丘の背を匍い下り、はるかのあの廃屋を越え、例の象徴的な柱列の向う側にまで長く伸びていた。すべてはすっかり薄闇に包まれ、ただ低い僕等の船のあたりだけが、まだ落日を浴びていた。空地に沿うた河筋は、まだ音もなくまぶしげに輝いていたが、もはや河上も河下もカーヴのあたりは、深い薄暮の闇一色に塗りこめられていた。岸には人影一つ見えないし、叢林《ジャングル》も葉ずれの音一つたてなかった。

『突然家の蔭から、まるで地からでも湧いたように、一群の人影が現れた。しっかり一団になり、草叢の中を腰まで没して分け進んでくる。そして真中には即製らしい担架を一台囲んでいる。と見ると、たちまち空虚な四辺《あたり》の空気を破って、まるで大陸の心臓目がけて飛ぶ矢のように、けたたましい叫びが一声、静寂を貫いて鋭く響いた。すると、これまたまるで魔法の軍勢のように、おびただしい人の流——手に手に槍、弓、楯を持ち、狂ったような瞳、狂人のような動きを見せながら全裸の人間のおびただしい流が、あの黒々とした森の傍の空地にドッとばかりに流れ込んで来た。一しきり叢林が揺れ騒ぎ、草叢が靡いた。と思うと、またすべては固唾《かたず》を呑んだように静まり返ってしまった。

『「ああ、あの人がなんとか巧く言ってくれなければ、僕等はもう駄目だ、」と、僕のすぐ傍で例のロシア人の若者が言った。担架を囲んだ人の群も、中程まで来ると、まるで石のように止ってしまった。僕は担ぎ手の肩越しに、痩せ衰えた担架の男が、片手を高くあげて起き直るのを見た。「愛一般についてそんなに雄弁が揮える男なら、なんとか今だって僕等の生命を助ける理由くらいは考えつきそうなもんじゃないか、」と僕は言ってやった。危いという今の馬鹿げた僕等の立場が、なんとも癪に障ってたまらなかったからだ。かりにも僕等の生命が、あの残虐な、亡者のような男の手に握られているとは、いかにやむをえないとはいえ、堪えがたい屈辱に思われた。声こそ聞えなかったが、双眼鏡で見ると、彼は痩せた手をなにか命令でもするかのように伸し、下顎をしきりに動かしている。なにか奇怪な、痙攣でも起きたように肯く骨張った顔からは、落ち窪んだ亡霊の瞳が暗欝な光を帯びて輝いていた。クルッ――クルッ――ドイツ語ではたしか短いという意味だったねえ？　そうだ、クルッ、短命というこの名前こそは、彼の生――そして死――における一切の真実を語っていた。

『背丈は少くも七フィートはあったろうか。上掛けがずり落ちて、その下から、まるで屍衣《しい》からでもはみだしたように、凄壮ともいうべき半身が現れていた。鳥籠のような肋骨は波立ち、腕の骨がブルブル震えているのが見えた。まるで象牙彫の死の像が動き出して、石のように立ちつくした、黒光りのする青銅製の群像に対《むか》って、なにか腕を振り振り威嚇しているように見えた。大きく口を開くのが見える——それはまるで一切の大気と、大地と、そして眼の前の全群集を嚥《の》みつくそうとでもいうような、無気味な貪《どん》婪《らん》さを思わせた。かすかに声が聞えて来た。叫んでいるのに相違ない。が、突然パタリと倒れてしまった。担架がグラグラと揺れて、ふたたび担ぎ手は歩き出した。と、ほとんど同時に、僕は土人の群が、動くともなしに、ちょうどあの突如として彼等を吐き出した森が、ふたたび彼等を深い呼吸と一緒に吸いこんでしまうかのように、音もなく退いて行くのを見た。

『担架の後からは、数人の「巡礼」が彼の武器をもって従っていた、——猟銃が二挺、大型小銃が一挺、連発式カービン銃が一挺——哀れなジュピターの雷霆《らいてい》だ。支配人は枕辺に附添いながら、なにか覗きこむようにして囁いている。やがて彼等は小さな船室の一つに彼を担ぎ込んだ——辛うじて寝台と、外に軽便腰掛が一つ二つ入るだけの広さだった。僕等は遅れた彼宛の郵便物を持って来てやっていたのだが、寝台の上はたちまち引裂かれた封筒や開いた手紙で一ぱいになった。彼の手は力なく、それらの書類の間をまさぐっていたが、ただ一つ異常に思えたのは、爛々と光る火のようなその眼と、衰えながらも驚くほど泰然とした表情とであった。病気による衰弱とは思えなかった。苦しみはないようだった。むしろ今こそあらゆる感情を味いつくしたかのような、平静な満ち足りた表情だった。

『彼は手紙の一つを読み終ると、じっと僕の顔を正面から見つめて、一言、「よく来てくれた、」と言った。誰か僕のことを書き送ってくれたものがあるらしい。またしてもあの特別推薦だ！　だが、それよりも僕を驚倒させたのは、あの全く無造作に、ほとんど唇一つ動かさないで発した彼の声の音量だった。声！　声！　それは実に厳粛に、沈痛に、そして朗々として響いた。当の本人の体力はおそらく囁き一つできそうに見えないのに、――いや、実はそれも、いずれ今に話すが、――なるほど、無理で不自然なものではあったろうが、――なんと僕等すべての息の根をほとんどとめかねないほどの力が残っていたのだった。

『支配人が黙々として扉口に現れた。僕が部屋を出ると、彼は静かにカーテンを閉めた。ロシア人の若者は、好奇《ものめずら》しげな「巡礼」たちの視線を浴びながら、一心に岸の方を見つめている。僕も思わず釣りこまれて、彼の視線の跡を追った。

『はるか暗い森の縁を背景に、なにかしきりに右往左往する人影が見えていた。すぐ河の近くには青銅像のような男が二人、長い槍に倚りかかるようにして、そして豹の皮ででも作ったような奇怪な頭飾りをつけて、夕日の中に立っている。物々しげなくせに、いかにも塑像のように静かなのだ。そして今しも日を浴びた河岸を、右から左へ、何者か、奇怪、華麗、まるで幻のような女が一人動いているのだった。

『なにか縁飾りのある縞模様の布片をゆるやかに纏い、昂然とした足取りで歩いている、——一定のリズムに乗って足を運ぶ度に、いかにも野性を思わせる装身具が、かすかに音を立ててキラキラ光る。昂然と頭をもたげ、頭髪はヘルメットのような形に結い上げている。膝には真鍮の脛当、肱には同じ真鍮線の肱当、渋色の頬には深紅の頬紅をさし、頸には無数のガラス玉を頸飾りに下げている。その他護符《まじない》、呪術師の贈物にいたるまで、全身にぶら下げた奇怪な装飾が、一足ごとに揺れてはキラキラ輝くのだ。おそらく象牙何本かに当るものを身体につけているのだろう。すばらしい野性を帯びた絢爛さ、狂暴な光を湛えた華麗さだった。一歩一歩、悠然と踏むその歩調には、なにか不吉な、それでいて一種荘重な威厳さえ感じられた。茫漠たる悲しみの荒野を、突如として領した沈黙の中に、今や豊饒と神秘の巨大な生命の一団が、まるで彼等自身の闇黒の情熱の姿を目のあたり見るかのように、粛然として彼女を注視しているのだった。

『やがて女は船の前まで来た。そしてじっと立ち止ると、ぐっと僕等の方へ向き直った。女の長い影が水際に落ちていた。激しい悲しみと物言わぬ苦痛が、漠然とした形のまま彼女の胸中に闘っているある決意への不安と一緒に交錯し合って、顔は、一種悲しげな険しい表情を示していた。凝然と立って身動き一つしない。あたかも荒野そのもののように、じっとなにか不可測の目的を睨んで、思い屈しているかに見えた。たっぷり一分間も経ったころであろうか、女はつと一足前へ踏み出した。かすかに鏘然《そうぜん》たる響きがして、黄色い金属がキラリと光り、縁取った寛衣《ドレーパリー》が静かに揺れた。突然女は、まるで気力尽きたもののように立ち止まる。僕の傍にいた若者が呻くような声をあげた。僕の背後では、「巡礼」たちがなにか呟いていた。女は瞬き一つしないで僕等を見つめている。まるで彼女の生そのものが、ぴたりと動かぬこの視線一筋にかかってでもいるかのようにだ。と突然、彼女は露わな両腕を大きく開いたかと思うと、狂おしげに、まるで大空にも触れんばかりに頭上高く、硬直したように差し伸ばした。と、素早い影がつと地上を走って、大きく河の面に円を描いたかと見ると、静かに船をその影の中に包んでしまった。

『女は悠然と向き直ると、ふたたび岸沿いに、そのまま左手の叢林《ジャングル》の中へ消えてしまった。そしてただ一度だけ、見えなくなる前に、茂みの夕闇の中からじっと瞳を光らせて、僕等の方を振り返って見た。

『「もし船にでも上って来てみろ、僕は一撃に射ち殺していたと思いますね、」と、道化服の若者は興奮しながら言った。「僕はこの二週間というもの、彼奴《あいつ》を家に入れないために、本当に毎日生命がけだったんですからねえ。ある日なども入って来たかと思うとね、僕が服の補綴布《つぎきれ》にしようと思って、少しばかり襤褸片《ぼろっきれ》を物置から拾って来ていたんですが、そのことでそりゃ大変な騒ぎなんですよ。たしかに僕もよくなかった。ええ、きっとそのことにちがいないんです、だって一時間ばかりも、カンカンになってクルッさんに訴えていた、しかもときどき僕の方を指ざしてなんですからね。もちろん僕にはあの連中の言葉はちっともわからない。ただ幸せなことに、その日はクルッさんの容態が悪くて、そんなどころの騒ぎじゃなかったからよかったんですが、そうでもなければ、どんなことになっていたか……ああ、もう僕にはなんにもわからない。いいえ、――考えてももう僕はたまらない。ええ、もうなにもかもお仕舞ですよ。」

『ちょうどその時だった、僕はカーテンの向うにクルッの低い声を聞いた。「俺の生命を救う? なに、象牙を救い出すというのだろう。よしてくれ。この俺の生命を! 俺の方こそ貴様の生命を助けてやるところだった。俺の計画の邪魔をしやがって! 病気、病気、なにかといやそれだ！　あいにくだが、貴様の思ってるほど、俺は病人じゃない！　なに、平気だとも。俺の考えをやりとげて見せる、——俺は帰る。俺の力を見せてやるんだ。貴様等のそのけち臭い考えはなんだ！　そのくせ俺の邪魔をしやがる。俺は帰る！　帰るぞ……」

『支配人が出て来た。そして僕を腕の下に掻い抱くように、傍の方へ連れて行った。「悪いねえ、ひどく悪いようだ、」と彼は言った。そしてまるで義理のように溜息はついていたが、別にいつまでも悲しい顔をしているような様子はなかった。「奴のためにはもうできるだけのことをしてやったはずだ、——そうだろう、ね、君？　だが、嘘もかくしもできる話じゃない、クルツのやったことは、会社のためになったというよりは、むしろ害をなしている方が大きいんだからねえ。それにまだ強行手段の時機じゃないということ、そのことさえあの男にはわからなかったんだ。とにかく慎重に、——というのが僕の主義なんだ。まだまだ慎重にやらなくちゃ駄目だ。これでこの地方も、当分はわれわれ閉め出しというもんだ。残念な話さ。全体として商売の打撃は相当なもんだろうよ。そりゃまあおびただしい——もっとも大部分は化石だがね——象牙のあることは疑いないさ。だから、とにかくそれだけは救い出さなくちゃならん——だが、どうもこの情勢の危険なことはどうだ、――そしてそれはなぜなんだ？　やり方が悪いからなんだよ。」『僕は岸を眺めながら訊いてみた、「やり方が悪いというんだね、君は？」すると彼は、ひどくむきになって大声で答えた、「そうだとも。ちがうとでもいうのかね？……」しばらくして僕は呟くように言った、「善いも悪いも、全然無方法だよ。」「そう、そうなんだ、」と、彼はいかにも嬉しそうに、「僕はこんなことだろうと前から思ってたんだ。とにかく全然理性的判断というものがないんだからねえ。いずれ然るべき筋へ報告するのが、僕として義務だと思ってるがね。」僕は言ってやった、「それならあの男、ほら名前はなんと言ったっけ、――あの煉瓦屋さんがうまい報告書を書いてくれるだろうがね。」彼はちょっと面食《めんくら》ったようだったが、僕としては、この時ほど陋劣唾棄《ろうれつだき》すべき空気を感じたことはなかった。僕はそれから逃げるように、――そうだ、たしかに逃げ出したいという気持だった――ふとクルツのことを考えた。そしてわざと力を入れて言ってやった、「だが、とにかくクルツ君というのは、えらい人間だよ。」すると彼は、ハッと驚いたように、一瞬暗い冷い眼をして僕の顔をチラと見たが、静かに、「なるほど、そうだったことはたしかだねえ、」と言うと、クルリと僕に背中を向けた。やれやれ、出世の夢もお仕舞いか。なんのことはない、これで僕もあの時機尚早、猪突派の一味として、クルツの同類扱いされてしまったらしいのだ。僕もまたやり方が拙かった！　だが、たとえ悪夢にもせよ、少くとも自由なすばらしい夢を持つ方が、まだしも人として生甲斐ではないか。

『本当は、僕は荒野に魅せられて来たのであり、クルツに惹かれて来たのではない。しかも今や、その彼は墓場の中の人間も同様だった。だが、考えてみると僕自身もまた、ほとんど名状しがたい秘密に充ちた、巨大な墓場の中に埋められたようなものであった。湿った土の香、勝ち誇る見えない腐敗の影、漆のような夜の闇、——僕は堪えがたい重荷が、胸に押し被さってくるのを感じた……ふと気がつくと、例のロシア人の若者が僕の肩を軽くたたいていた。まるで吃るように、「船乗仲間の……隠しているわけにはいかなかった、……クルツさんの名声にかかわるようなことを……」というような言葉を口の中でモグモグ言っているのだ。僕はじっと待っていた。明らかに彼にとって、クルツは墓場の中の人間ではない、むしろ一個の不死の魂であったらしい。「なるほど、」と、ついに僕は言った。「なんでもいい、はっきり言ってしまい給え。ある意味で——どうやら僕もクルツの一味らしいようだからね。」

『彼は急に恐ろしい切口上《きりこうじょう》になって、もし僕が「同じ商売仲間」でなかったら、結果はとにかくとして、このことはすべて彼の胸一つに蔵っておくところだったのだが、というような前置をして、「あの白人たちの間には、なにか僕に対して強い敵意が動いているような気がするのですが、」と彼は言うのだ。僕はふといつか立聞きした会話を思い出して、「その通りだよ、君。支配人は君を死刑にするつもりなんだ、」と言ってやった。聞くと、彼の顔色が急に変ったが、これにははじめ僕もちょっと面白かった。「そっと身を退いた方がいいでしょうねえ、」と、彼は真顔になって言う。「もうこれ以上クルッさんのためにしてあげることもなくなったし、それに奴等は口実くらいすぐこさえますからねえ。そうなれば、もう奴等を止める手はない。軍隊が駐屯しているのは、ここから三百マイルも離れてますからね。」「そうだ、」と僕は言った。「たしかに立ち退いた方がいいようだねえ、もしこの近くの土人たちの間に友達でもいればね。」すると彼の言うには、「それはいくらでもいます。みんな人の好い人間でしてね、――それに僕はなんにも彼等から要求しませんからねえ。」そしてキッと唇を噛んで立っていたが、「僕はなにも白人たちに危害の及ぶのを望むわけじゃありませんよ。ただ僕は、クルツさんの死後の評判のことを考えていたんです。――だが、あなたは船乗仲間だし、それに……」「大丈夫だよ、」と、しばらくして僕は言った。「クルツの評判のことなら、僕に任しておいて大丈夫だよ、」とも言ってやったが、僕自身にも、それがどこまで真実の言葉だかは、よくわからなかった。

『彼は声を潜めて、あの船に対して襲撃を命令したのも、実はクルツなのだと言った。「あの人は連れて帰られるのがたまらなかったのです、――それにまた……でも、僕にはその辺のことがよくわからないんです。単純な人間ですからねえ、僕は。ただあの人は、そうすればあなたがたが恐くなって、――いや、あの人を死んだものと思って、断念するだろうと、そう考えたらしいんです。僕にはとめる力がなかったのです。実際この一カ月間ばかりの僕の恐ろしい思いといったら……」そこで僕は、「なに、安心したまえ。大丈夫だよ、クルツのことは、」と言ってやった。だが、それでもまだ安心し切れないらしく、「ええ、でも……」と、なにか口ごもっていた。「いや、いろいろ有難う、」と僕は言った。「僕もこれからは油断しないようにしよう。」だが、彼はまだ心配で堪らないかのように、「でも、秘密は守ってくれますね？　あの人の評判がどうなることか、僕はそれが恐ろしいんです、もしかしてここにいる誰かが……」そこで僕は、改めて厳粛に善処方を誓約してやった。と彼は言葉をついで、「すぐこの向うに独木舟《まるきぶね》と、それに土人が三人、待ってくれているのです。じゃ、僕は行きます。少しでいいですから、マルティニ銃の薬莢をもらえませんか?」それくらいのことは、僕にもこっそり応じてやれた。それから彼は、一つ目顔《ウィンク》で断りながら、僕の煙草を一摑みポケットへねじこんだ。「船乗同士のよしみですよ、――ねえ、――上等のイギリス煙草でしょう。」

『操舵室の戸口で、彼はもう一度振り返った。「ねえ、一足要らない靴はありませんか?」と言いながら、「ほら、」と片脚をあげて見せた。見ると、ちょうどサンダルのように、ただ裏皮だけを、跣《はだし》の足に直接紐でがんじがらめに縛りつけているのだった。僕は古靴を一足探し出してやったが、彼はいかにも感歎したような顔をして、おもむろに左の小脇にかいこんだ。一方の(真赤な)ポケットは、薬莢ですっかり膨れ上っているし、今一方の(濃青の)方からは、「タウスン氏航海術」や、その他ゴタゴタしたものがのぞいていた。ふたたび荒野に向って出発して行くのに、もうこれで準備は満点というつもりらしかった。「ああ、もう二度とあんな人に会うことはなかろうなあ。あなたも、あの人の詩を読むところを一つ聞いておくんでしたねえ、――しかも自作の詩だそうですよ。詩、詩ですよ!」と、彼は楽しい思い出に耽るかのように眼を輝かせた。「実際あの人は、僕の心をひろげてくれたんですからねえ。」「じゃ、さようなら、」と僕は言った。彼は手を握ると、そのまま夜の闇に消えて行ってしまった。今でもときどき僕は思う、あの若者に会ったのは、あれは夢じゃなかったのだろうか、——そもそもああした経験にぶつかるということ自体が、ほんとうにありうることなのだろうか、とね。

『真夜中過ぎ、僕は眼を覚ますと、ふと彼の警告を思い出した。危いかもしれぬと言ったが、この星空の闇に、それは決して嘘だとは思えなかった。僕は起き上って一廻りしてみた。丘の上には大きな火が燃えて、ときどき思い出したように、出張所の建物の歪んだ角を赤々と照し出していた。代理人の一人が、武装した二、三人の土人監視人を率いて象牙を護っていた。だが、はるか森の奥には、凝然とそそり立つ真黒な木立の影の間から、赤い火照りが高く、低くゆらめいて、あのクルツの崇拝者たちが、まんじりともしないで夜を明している野営地の位置をはっきり示していた。単調な太鼓の響きが、低く闇にこもって、空一ぱいに長い余韻を曳いている。口々になにか呪法を唱える物倦い唱和の声が、まるで蜂の巣から聞える唸り声のように、闇一色の森林の壁越しに漂ってきて、まだ覚め切らぬ僕の意識に奇妙に睡魔を誘うのだった。僕は欄干に倚ったまま、うとうととしたらしい。ふとなにか恐ろしい欝積した狂気でも爆発するような、激しい叫喚に、思わずハッとなって、見苦しくも度を失ってしまった。だが、叫喚はそのまままたピタリとやんだかと思うと、相変らずあの物倦い唱和が、静かに、まるで沈黙の声のようにつづいていた。何気なく僕は船室を覗いて見た。灯りが一つ燃えている。だが、クルツの姿が見えないのだ。

『もし僕の眼を信じたならば、僕はおそらく大声をあげたろうと思う。だが、最初は自分で自分の眼が信じられなかった、――あまりにもありうべからざることに思えたからだ。つまり、そのとき僕の気力もなにも奪ってしまったのは、いわば全く空虚《うつろ》な驚き――現実の肉体的危険とは全然無関係な、純粋に抽象的な恐怖だったのだ。だが、なぜ僕はこの感情に心もなにも縛られてしまったのだろう、――そうだ、なんと言ったらいいか、――いわばそれは、僕の受けた精神的打撃、たとえばなにか思ってもたまらない、そしてまた憎むべき悖徳《はいとく》が、突如として僕の魂の上に押しつけられたとでもいうような、そうした恐ろしい打撃がそうさせたのだ。もちろんそれはほんの一秒間、いや、そのまた何十分の一かの瞬間の感情にすぎなく、当然次ぎの瞬間には予想される月並な危険、たとえば突然虐殺に殺到してくるとか、そういった普通の懸念に変ってはいたが、それはむしろうれしいものをでも迎えるかのような平静な気持だった。僕の心はすっかり落ち着いて、驚きの叫び一つあげなかった。

『すぐ三フィートと離れないところに、代理人の一人が長外套《アルスター》にすっぽりくるまって、甲板椅子に眠っていた。あの叫喚にも目を覚ました様子はなかった。かすかに鼾の声が聞えている。僕はそのまま起さないで、岸へ跳び下りた。僕はついにクルッを裏切らなかった、――なにか彼を売ってはならないと強く命令するものがあったのだ――自分で選んだ悪夢だ、あくまで忠実であれという、いわば運命の命令だといってもよかった。僕はただ一人で、この亡霊のような男と取引したかったのだ――今考えてみても、僕はあの夜のすさまじい経験を、なぜあれほどまで他人に対して惜しんだものか、自分でもよくわからない。

『上陸してみると、すぐ足跡はわかった、――草叢の中に大きな足跡が残っていたからだ。「奴は歩けないと見えるぞ――四つん這いに這っている、――占めた！」と叫んだそのときの喜びの声を、僕は今でもはっきり憶えている。草は夜露に濡れていた。僕は拳を握りしめながら、大股に急いだ。よくはわからないが、なにか漠然と、もし彼に行き会ったら、いきなり一つ殴りつけてやるんだというようなことを考えていたようだ。ずいぶん馬鹿なことを考えていたらしい。あの猫を抱いて編物をしていた老女の姿が突然記憶に蘇って来たのも妙だが、それがまたこうした事件の遠い遠い片端にせよ、とにかく介在しているということが、なにかひどく怪しからんことのように思えて腹が立った。そうかと思うと、またあの連発銃《ウィンチェスター》を腰だめにきめて、いたずらに空を射っているあの忌々しい「巡礼」たちの姿が、まざまざと眼の前に浮んでくるのだった。もう決して船には帰るまいとも思った。そして老いの日まで、ただ一人、武器一つ持たないで、この森林に生活している僕自身の姿を想像してみたりもした。実際――馬鹿げた話だった。今でも憶えているが、太鼓の響と、僕の心臓の鼓動とが頭の中で一緒になって、あの静かな整然としたリズムを数えながら、しきりにいい気持になっていたものだった。

『その間も僕は、依然として足跡をつけて行ったが、――突然立ち止って聞き耳をたてた。雲一つない夜だった。露のおりた星明りの下に、青味を帯びた真暗な空地が開けて、黒い影が凝然と石のように立ち並んでいた。僕は、ふとなにか前方にうごめくものを見たような気がした。その晩の僕は、不思議とすべての行動にはっきり自信が持てた。すぐと足跡を離れると、わざと大きく遠廻りに、(そうだ、きっと僕は笑壺《えつぼ》に入っていたに相違ない〕あのチラと見た(実際もし見たとすればだ)動く影の前方へ廻ってやろうと思った。まるで子供の遊戯のように、クルツを出し抜いてやろうというのだった。

『僕は突然彼にぶつかった。実際、もし彼が僕の足音に気づいていなかったならば、彼の上に倒れかかっていたかもしれない。だが、彼は一瞬早く立ち上っていた。足許も定まらないらしく、長い、蒼ざめた痩軀が、まるで地から湧く毒気のようにほのかに浮び、音もなく眼の前に、霧のように揺れていた。そして僕の背後には、木の間越しに火影がぼんやりと夜空に映え、呟くようなおびただしい人声が洩れていた。僕はうまく彼の行手を遮ったわけだが、さて面と向って彼と顔を合せてみると、僕もようやく冷静にかえり、今さらのように危険の大きさが本当にわかってきた。危険はまだこれからだ。もし彼が叫び出しでもしようなら？　もはや立っていることもほとんどできないらしかったが、声にはまだすばらしい気力が残っている。「退け！――早く隠れるんだ！」と、彼は例の沈痛な声で言った。恐ろしい声だった。僕は思わず背後を振り返った。一番近い焚火から三十ヤードとなかった。黒い影が一つ立ち上ったと思うと、長い脚を大股に、長い黒い腕を振りながら、火影の前を横切った。頭には角――どうやらカモシカの角らしかったが――をつけている。魔法使だ、きっと。まるで悪魔のような形相《ぎょうそう》だった。

『「ねえ、あなたのやってることは、正気ですか、それは？」と、僕は彼の耳許に囁いた。「もちろんだとも。」ただ一言、彼は声を励まして答えた。まるでメガフォンででも怒鳴られたように、遠く、そして高々と響いた。もしこれで彼に騒ぎ立てられれば、僕等はお仕舞だ、と僕は思った。この「亡霊」——そうだ、亡霊のように彷徨《さまよ》い歩くこの苦悩の魂を、かりにも打つなどということは情としてとうていできることでなかったが、それは別としても、今はもう撲り合いどころの場合ではなかった。「駄目ですよ、あなた、駄目ですよ」と僕は言った。人間というものは、時に思わぬ霊感の閃くことがあるものだ。駄目といえば、およそあの時の彼ほど、どうにもならない絶望状態にあった人間というものはなかったはずだが、それがなんと僕のこの一言が千金だった。そして実にこの瞬間に、あの一生、——いや、死後の世界までも——つづくべき——彼と僕と、二人の友情の礎石が置かれたのだった。

『「俺には大きな計画があったんだ」」と、彼は未練そうに呟いた。「そうでしょう。でも、いま声を立てちゃ駄目ですよ、立ててごらんなさい、僕は貴方の頭を……」とまでは言ったが、見ればあたりには棒切れ一つ、石塊一つ見えない。あわてて僕は、「絞め殺してしまいますよ」と言い直した。「ああ、俺は今一息ですばらしいことをやってみせるところだったんだが……」と、それは思わず僕の全身の血が凍ったかと思われたような、激しい憧憬と渇望に充ちた声だった。「それをこの馬鹿野郎が……」「ヨーロッパでのあなたの成功は、とにかく保証してもいいんですから」と僕は強く断言した。いうまでもなかろうが、僕はなにも彼の首を絞めたくなど少しもなかった、——実際問題としてもなに一つ益のないことだろうし。とにかく僕としては、あの呪縛——つまり、忘れられた野獣の本能を呼び醒まし、おそろしい情慾の満足を思い出させることによって、彼の魂をその冷酷な懐に抱いて離さないらしい——あの荒野の呪縛を、僕は破ってしまいたかったのだ。思うに、ただこの呪縛のみが、彼を駆り立ててあの森の奥へ、叢林《ジャングル》へ、そしてあの篝火《かがりび》の焰、太鼓の鼓動、妖気迫る呪文の唱和の方へと走らせるのにちがいない。この呪縛のみが、不逞な彼の魂を欺いて、人間に許された野心の埒を踏み越えさせたのに相違ない。だから、いいかね、その時の僕の立場の恐ろしさというものは、単に脳天をガンとやられることではなく、——いや、もちろんその危険もありありとは感じていたが——むしろそれはこうだった、つまり、僕の交渉相手というのは、高いもの、低いもの、たとえどんなものの名において訴えようとも、てんで効果《ききめ》のない人間だという、そのことにあった。僕もまたあの黒奴《くろんぼ》たちのように、彼——彼自身——いいかえれば、信じ難いほどの堕落の中に陶酔している彼の前に、ただ祈って訴えるよりほかなかったのだ。

『彼の頭上にも、足下にも、彼を支えるものはなに一つなかった、それは僕にもわかっていた。地を蹴って天翔《あまがけ》っていたとでも言おうか。恐ろしいことだ、——むしろ彼は、大地を粉微塵に踏み砕いていたのだった。全くの孤独だった。彼の前に立った時、僕自身さえが、果して大地の上に立っているのか、中空に浮んでいるのか、わからなくなってしまった。先刻から僕は、その時の僕等二人の会話を——言葉そのままに伝えているわけだが、——しかしそれがいったいなにになる？　それらはただ日常平凡な言葉ばかり——僕等がみんな日々の生活に取り交している、あの聞き慣れた、曖昧な声音にすぎない。そんなものがなにになる？　彼の場合は、一つ一つの言葉の背後に、ちょうどあの夢の中で聞く言葉、悪夢の中で口走る言葉のように、恐ろしいまでの暗示が含まれていた。魂！　もし誰か人間の魂と格闘した人間があるとすれば、それはこの僕だ。しかも僕の相手は狂人ではなかった。信じてもらえるかどうか、それは知らない。だが、彼の英智はむしろ明晰をきわめていたとさえいえる——なるほど、一切の関心が恐ろしいほどの強烈さで、自我の上だけに集中されていたとはいえるが、しかしとにかく明晰だった。そこだった、僕の唯一のチャンスは、——ただその場を去らず彼を殺してしまうことは、当然伴って起る物音を考えて、もちろん問題でなかったが。ただ彼の魂は常軌を逸していた。たった一人荒野に住んで、ただ自己の魂ばかり見つめているうちに、ああ、ついに常軌を逸してしまったのだった！　そして僕もまた——僕自身の罪の故に——ひたすらただ自分の魂だけを見つめるという同じ試煉に堪えなければならなかった。彼のあの最後の胸奥からの叫びほど、人間への信頼を萎えさせる、恐ろしい雄弁がありえただろうか？　彼もまた彼自身と闘っていたのだ。僕はこの眼でそれを見た——この耳でそれを聞いた。束縛も信仰も恐怖も知らない魂、そのくせ、その魂自身を相手に盲目的な格闘をつづけているという魂の不可思議きわまる秘密を目のあたり見た。僕は相当に冷静だったつもりだ。だが、最後に彼を寝台に寝かせつけた時には、思わず額の汗を拭った。そして僕の両脚は、まるで何百貫もの荷物を背負ってあの丘を降って来たかのように、ワナワナと震えていた。そのくせ事実は、ただ骨と皮になった彼の片腕を僕の首に巻いて、そっと背後から支えてやったにすぎないし、——その時の彼といえば、ほとんど子供のような軽さだったはずなのだが。

『翌日の正午頃船が出る時には、果して絶えず気になっていたあの木の間越しの集団が、ふたたび森の奥から殺到してきて、青銅色をした躍動する裸形の大浪をもって、空地を埋め、丘の傾斜を蔽い尽してしまった。僕は船をやや上流に持って行って、そこでグルリと廻した。二千の眼は、尻尾ではげしく水を打ち、真黒な煙を吐いて進む狂暴な河の悪魔の動きを、じっといつまでも見送っていた。岸に沿った第一列の前には、頭の天辺《てっぺん》から足先まで真赤な泥を塗りこめた三人の男が、奇妙な足取りでせかせかと歩き廻っている。ふたたび船が前へ来ると、彼等は河に面して、地団駄を踏んだり、角を載せた頭を振ったり、真赤な身體をくねらせたりした。そして河の悪魔に向って、なにか黒い羽毛の束と、尻尾のようなもの——どうやら乾した瓢《ふくべ》らしかったが、——のぶら下った汚らしい毛皮とを、しきりに振った。そしてときどき一定の時間をおいては、人の言葉とは思えない、なにか恐ろしげな言葉を長々と唱えるのだった。おかげで土人たちの低い唱和は、ときどき急に中断されて、まるで悪魔の連禱《リタニー》をでも聞くような思いだった。

『クルッは操舵室へ入れられていた。そこの方が換気がよかったからだ。寝床に寝たまま、彼は開いた鎧戸口からじっと外を睨んでいた。土人たちの群が渦巻くように流れたかと思うと、ヘルメットのような頭をして、渋色の顔をした例の女が、恐ろしい勢で水際まで駈け出してきた。両手を伸ばし、なにか大声に叫ぶと、たちまち群集がそれに和し、まるで息もつかせぬ早口で吠えたてる、すさまじい叫喚になった。

『「わかりますかね、あれが？」と僕は訊いた。

『彼は激しい渇望と憎悪の入り交った、火のような瞳をあげて、僕の頭越しに見つめていた。一言も答えない。だが、僕はかすかな微笑、――なんとも名状しがたい意味を含んだ微笑が、血の気の失せた彼の唇に浮ぶのを見た。もっとも一瞬後には、それは痙攣するように歪み、一言、まるでなにか人間以上の力によってもぎとられでもしたかのように、ゆっくり喘ぎながら、「わからないでどうする?」と答えた。

『僕は汽笛の紐を引いた。というのは、またしても甲板にいる「巡礼」たちが、まるで面白いことでも起るのを楽しみにするかのように、小銃を持ち出して来るのを見たからだ。突然汽笛が鳴り響くと、果して目白押の土人たちの間からは、あさましい恐怖の動揺が起った。「駄目、駄目! 驚いて逃げてしまうじゃないか、」と、誰かが甲板でがっかりしたように叫んだ。だが、僕はなおも紐を引きつづけた。崩れ立って逃げ出すもの、跳び上るもの、蹲るもの、うろうろするもの、中には飛んで来る音の恐怖を、身をかわすように逃げるものもいた。赤塗りの例の三人は、まるで射たれて死んだように、河岸に俯伏せに倒れてしまった。ただ一人、びくともしないのは、あのすばらしい原始的な女だった。悲痛な表情で、あらわな両腕を一ぱいに伸ばしたまま、暗鬱に光る河の面に、いつまでも僕等の後を見送っていた。

『その時だった、甲板の馬鹿者どもは、またしてもあのくだらない余興をやりはじめた。そして僕は、煙でなにも見えなくなった。

『暗褐色の流は、僕等の船をのせて、闇黒の奥から海を指して、矢のように流れ下っていた。溯航に比べれば、ほとんど二倍の速力が出た。クルツの生命もまた、彼の心臓から刻一刻と衰えて、冷酷な「時」の海へと矢のように流れ落ちていた。支配人は、すっかり平静に返っていた。もはや重大な懸念はなんにもなかった。僕等二人を見る眼一つにしてからが、すっかり満足した寛容な眼差に変っていた。「事態」は、彼として願ってもない好結果に終っていたのだった。僕は、いよいよあの《失態》派の最後の一人として残される日が近づいたのを感じた。「巡礼」たちも、ひどくよそよそしい眼で僕を見るようになった。いわばすでに死者の中に数えられていたと言ってもよい。どうして僕が、この夢想さえしていなかった友情と——そしてまた徒らに下劣、貪婪《どんらん》な亡霊どもの侵入に任されていた闇黒の国のただ中で、われにもなく押しつけられたこの驚くべき悪夢とを、そのまま受け容れる気になったものか、今もってわからない。

『クルツは口を開いた。声だ！　声だ！　それは最後の瞬間まで朗々と響き渡った。体力の衰え切った後までも力強く生き残って、ほとんど壮観ともいうべきその雄弁の中に、荒涼たる心の闇黒を秘めていたのだった。闘った！　闘った、彼は！　もはや荒廃に瀕した彼の頭の中を、今はおびただしい幻影が、亡霊のように揺曳していた――富の幻、名声の幻、それらがあの不死身ともいうべき高邁、不屈な弁舌の周囲に、オドオドとまるで媚でも呈するかのようにうごめいていた。俺の許婚、俺の出張所、俺の経歴、俺の思想――ときどき思い出したように、彼の高揚した感情から迸る言葉は、いつもそうしたことだった。そしてそれらこそは、やがてもうすぐ原始の大地深く埋められてしまうであろう、すでに空虚な形骸になったクルツの枕辺に、おりおりまだ影のように訪れてくるクルツ本来の真の姿だったかもしれない。だが、その間にも、彼が足を踏み入れた森の秘密に対するこの世ならぬ悪魔的な愛憎が、原始的感情に飽満し、虚偽の名声、偽りの栄誉、そしてあらゆる成功と権力の幻影とを貪りつくした彼の魂に対して、いまや激しい占有の戦を闘っていたのだった。

『時にはまるで子供のように他愛ない瞬間もあった。大事業を夢想しているどこか「無可有《ノーホエア》」の荒蕪から、彼が凱旋のその日には、停車場まで親しく国王たちの出迎えを仰ぐのだとも言った。かと思うとまた、「奴等にはね、ただ君が、奴等の実際儲けになるような才幹の持主だということだけをはっきり見せてやれば、それでいいのだ。君の才能に対して無限の信頼を示すにきまっているからね。もちろん動機には気をつけなくちゃいかん、——正しい動機だ——いつもな、」とも言った。見たところどれも変りない、同じような幾つもの長い河区、単調なカーヴが、次ぎ次ぎと背後へ送られて行った。その度に樹齢を知らぬ原始林が、この薄汚い別の世界の断片、変化と征服と交易と虐殺と祝福との前触れともいうべき僕等の船を、じっといつまでも見送っている。舵をとりながら——僕は前方を見つめていた。「鎧戸を閉めてくれ、」とある日、突然クルッが叫んだ。「僕はもう見ていられない。」言われるままに、僕は鎧戸を閉めた。沈黙があった。「ああ、だが、今に見ろ、俺はまだまだ貴様を苦しめてやるぞ！」と、それは明らかに見えない荒野に向って叫びかけたものだった。

『予想通り——船は故障を起してしまった、——そしてある島の鼻に錨を下して、修繕するより仕方がなかった。この遅延によって、はじめてクルッの自信はぐらつきはじめたらしい。ある朝、彼は一束の書類と一枚の写真——靴紐で一つに括り合せてあったが、それを僕に渡した。そして「これを預かっておいてくれ。あの馬鹿野郎は(支配人のことだ)俺が見ていないと、箱の中を探しかねないからな、」と言った。その午後も僕は彼を見舞った。眼を閉じて、じっと仰向けに寝ているものだから、そのままソッと出ようとすると、ふとなにか彼の呟くような声が聞える。「いいか、正しく生きるんだ、そして死ぬとき……死ぬとき……」僕はハッと聴き耳をたてた。が、声はそのままとぎれた。夢の中でなにか演説の稽古でもしていたものか、それとも新聞論説の一句でも口ずさんでいたものか？　彼は今までも新聞に書いていたし、今後も——「僕の思想を進展させるために、(それが僕の義務なんだ)」——書くつもりだと言っていた。

『彼の闇黒はほとんど底知れぬものだった。彼の寝姿を眺めながら、僕は日の光一つ射さない、断崖の底に横たわっている人間を覗きこむような思いがした。だが、彼にばかりにかまけてはいられない。機関士が、水漏れのする気筒《シリンダー》を分解したり、曲った接合桿《コネクティン・ロッド》を直したり、その他そういった仕事をしている、それを手伝ってやらなければならなかった。銹《さび》、鑢粉《やすりこ》、母螺《おやねじ》、螺釘《ボルト》、螺旋廻し《スパナ》、金鎚《ハンマー》、鋼歯錐《ラチェット・ドリル》、等々、それらの忌々しいガラクタの中で暮していたわけだ、——およそ僕の性に合わぬ大嫌いなものばかりだった。だが、瘧《おこり》でもやられて、立っていられないというならばとにかく、でなければ——やはり運よく積んで来ていた小さな鞴《ふいご》を押したり、いやいやながらも屑鉄の山の中で汗を流したりしなければならなかった。

『ある晩、灯りをもって入って行くと、突然彼がかすかな慄え声で、「俺はこの真暗闇の中で、じっと死を待っているのだ、」と言うのに、僕は思わずギョッとした。一尺とははなれないほんの目の前に、現に灯りがあるのにだ。「馬鹿な！　なにを言うんです、」と、僕は強いて呟きながらも、まるで釘づけされたように、じっと覗きこまないではいられなかった。

『あの時彼の顔に現われた恐ろしい変化、僕はそれに近いものをさえ、かつて一度も見たことがなかったし、願わくば今後も二度とふたたび見たくないと思っている。僕の心は、動かされたというよりは、魅惑されてしまったのだ。いわば帷《とばり》が引き裂かれたのだ。僕はあの象牙のような顔に、陰欝な自負、仮借《かしゃく》ない力、おどおどした恐怖、——一口でいえば、きびしい完全な絶望の表情を見てとった。このいわば完全知を獲た至上の一瞬間に、彼は彼自身の一生を、その欲望、誘惑、惑溺と、それらのあらゆる細部にわたって、あらためて再経験しつつあったのではなかろうか？　なにか眼のあたり幻でも見ているように、彼は低声に叫んだ、——二度叫んだ。といっても、それはもはや声のない気息にすぎなかったが。

『「地獄だ！　地獄だ！」

『僕は灯りを消して、船室を出た。食堂では「巡礼」たちが食事の最中だったが、僕は支配人の真正面に席をとった。彼は顔を挙げて、探るように僕を見ていたが、僕は巧みに知らない振りをして相手にしなかった。彼はゆったりと椅子の背にもたれると、あの醜陋きわまる心事を巧みに秘めた彼一流の薄笑いを洩した。小蠅の群が、ランプといわず、卓布といわず、手にも顔にも、ほとんど絶えまなく雨のように襲ってくる。突然、支配人附きのボーイが、扉口からあの真黒い横柄な顔を出したかと思うと、嚙んで吐き出すように言った。

『「ミスタ・クルツが——死んでます。」

『巡礼たちは、一人残らず出て行った。僕は一人残って、食事をつづけていた。なんという冷淡な男だろうと思われたにちがいない。だが、実際はほとんど食べていなかった。部屋にはランプが燃えていた、——ね、光だ、とにかく——だが、一歩外は、ただ暗々たる夜の闇だった。この世界における己れの魂の冒険に、すでに自から審判を下してしまっているこの非凡人の傍へ、僕はもう行く気はなかった。あの声は失われてしまった。後になにが残っているというのだ。もちろん僕は、その翌日「巡礼」たちが泥を掘って、なにか埋めたことは知っているが。

『そしてそれと同時に、僕自身もほとんど墓穴の中の人間同然にされてしまった。

『話は戻るが、上にも言ったように、僕はクルッの枕辺へは駈けつけなかった。行かなかった。ただ一人最後まであの悪夢を夢みつづけて、もう一度彼に対する忠誠を示したのだ。運命！　僕の運命！　それにしてもなんという茶番だ、人生という奴は、――空しい目的のために、血も涙もない冷酷な論理を、ただ神秘めかして整えたというにすぎない！　それから僕等が望みうるせいぜいは、ほんの多少己れについて知ること、――しかもそれは、きまって手おくれの上に、――ただおびただしい悔恨の傷痕だけにすぎない。僕も死と格闘してきた。だが、およそこれほど退屈な闘いがあったろうか？朦朧とした灰色の中で、足の下にも、身の周囲にもなに一つ見えない。見物人もいなければ、大騒ぎも栄光もない。激しい勝利への渇望もなければ、恐ろしい敗北の恐怖もない。あるものはただ弱々しい微温的な懐疑、それだけだ。自己を信ずるのでもなければ、まして敵を信ずることなどはさらにない。もしそうしたものが人間究極の智慧であるというならば、人生とは僕等一部の人間の想像しているよりも、はるかに大きな謎だろう。僕もまたすんでのことで死という最後の宣告を受けるところだった。だが、省みて僕などは、おそらくなにも言うべきことすらないのではないかと思うと恥しかった。だからこそ、僕はクルツを非凡だというのだ。彼には言うべきことがあった。そしてそれを言ったのだ。

『僕もいわば一度は死の深淵を覗きこんだことのある人間だ、だからこそ、彼のあの凝視――すぐ眼の前の蠟燭の火さえすでに見えないくせに、まるで全宇宙を抱擁せんばかりに大きく見開き、そして闇の中に鼓動する一切の魂を、その底まで貫くかと見えたあの鋭い凝視――あの意味が一そうよくわかるように思えるのだ。一切を要約し――そして判決を下した、「地獄だ！」と。驚くべき人間だった。これもまた一種の信念の告白だったからだ。とにかく率直さがあり、確信があった。あの一声の中には、叛骨の高鳴りもあれば、すさまじいまでの真実の一瞥もあった、――愛と憎悪の不思議な交錯があった。僕が今でもはっきり憶えているのは、僕自身の生死関頭の苦悩ではない、――あるものはただ肉体的苦痛だけで、あとはすべて漠然たる形のない灰色の幻、そして一切のもの――いや、その苦痛さえも、影のような果敢ないものになって消えてゆくのを、じっと安易な侮蔑をもって眺めている――そんなものでは決してない。そうだ！　かえって彼クルツの生死関頭の思いこそ、まるで僕自身が経験していた境地のような気がするのだ。ただ彼は、最後に大きく一歩踏み出して、死の断崖を越えてしまったのにひきかえ、僕はオドオドと尻り込む足を引きずって、またしても元の道を戻って来たにすぎないのだ。

『そこにこそ一切の相違があるのだ。おそらく一切の智慧と真理と誠実とは、人がこの見えない世界への閾を跨いだとたんに、その不可解な一瞬間の中に圧縮されてしまったといってもいい。おそらくそうにちがいない。僕は僕自身の要約が、安易な侮蔑でなかったものと考えたい。彼の叫びの方がまだましだった、――はるかにましだった。なるほど、それは無数の敗北と、おそるべき恐怖と、忌わしい満足という代償によって、はじめて獲られた肯定であり、精神的勝利ではあった。だが、とにかく勝利だった！だからこそ僕は、最後まで、いや、さらにその後までも、彼に対する忠誠を失わなかったのだ。そして僕は、さらにずっと後になって、ふたたび彼の――もちろん彼の声そのものではなかったが、――いわば水晶の絶壁のように、透明純粋な魂から吐き出されたともいうべき、あのすばらしい雄弁の反響を聞いたのだった。

『だが、僕は、ついに墓場の人にはならなかった、――そうだ、今でもぼんやり思い出して戦慄を感じるのだが、なるほど一時は、希望もなければ慾望もない、ほとんど考えられないような世界を旅するにも似た、そうした時期はたしかにあった、だが、ついに墓場の人間になることは免れた。そしてふたたびあの墓場のような都会パリに帰ったのだった。そしてあの街を気忙《きぜわ》しげに右往左往しながら、互いに零細な金をくすね合い、忌わしい料理を啖《くら》い、有害なビールをあふっては、くだらない、愚かな夢を見ている群集に対して、たまらない嫌悪を感じていた。彼等は徒らに僕の思索を攪き乱すばかりであり、いわば余計な闖入者でしかなかった。僕の知っているあの世界を、彼等は少しも知らないのだ。してみれば彼等の人生知識などというものは、僕にとってはただ腹立たしい虚偽にしかすぎない。なんの反省もなく生活の安全さを確信して、ただ日々の仕事に忙殺されているにすぎない彼等衆愚の生活態度は、いわばただわからないばかりに、危険を前にして、得々として愚行を演じている男のように、僕にとっては堪らないものだった。僕は今さら彼等を啓蒙したい気はなかったが、徒らに尊大ぶった彼等の愚劣きわまる顔を見ては、面と向って笑い出さずにはいられなかった。

『おそらくその頃は、僕の健康もよくなかったのだろう。いろんな厄介な引っかかりもあって、——ちゃんとした人間の顔を見てさえ、猛烈に白眼視する有様で——蹌踉《そうろう》として街を歩き廻っていた。僕は僕の態度がよかったとはいわない、だが、なにしろその頃は体温すらめったに普通ではなかった。《僕を静養させてやろう》という例の伯母の骨折も、いわば全くの的外れだった。静養の必要があったのは、僕の体力ではなかった。

安静を必要としていたのは、心だった。クルツが渡した書類の包みは、僕もどうしてよいかわからないままに、まだ大事に持っていた。彼の母親というのは、なんでも噂では、いわゆる彼の許婚者に看護《みと》られて、つい近頃死んだということだった。ところがある日、髯のない、金縁眼鏡をかけた、いかにもお役人気取りの男が僕を訪ねて来て、最初は婉曲だったが、やがてそのうちには言葉はひどく慇懃だが、むしろ高圧的に、彼のいわゆるある種の《記録》なるものについていろいろと訊きだした。僕も別に驚きはしなかった。というのは、この問題では、すでに二度も僕は支配人と喧嘩をしてしまっていた。あの包みからは、書類一枚だって断じて渡せないと言ってやったのだ。そしてこの時も、眼鏡の男に対して全く同じ態度で応じた。

『とうとう最後には妙に恐喝的にさえなってきて、会社はその《領土》に関してあらゆる情報を入手する権利があるとまで、ひどく興奮して言い出した。「未開拓地域に関するクルツさんの知識は、――あの人の才能から見ても、また置かれていたひどい状況から考えても、質量ともに当然驚くべきものがあるにちがいないと思うのです。だからして……」そこで僕は、「なるほど、クルツの知識は深いかもしれないが、それは決して商売や経営に関するものではない、」と言ってやった。すると彼は、今度は学問の名を持ち出してきた。「なにしろ大変な損失ですからねえ、もし……」等、等といった調子だった。

『そこで僕は例の蛮習防止協会への報告書を、あの後記だけは破り取って、渡してやった。彼は手に取って一心に見ていたが、最後にいかにも軽蔑したように、ふんと一つ鼻であしらうと、「われわれの期待しているのは、こんなものじゃありません、」と言う。「じゃ、他にはなにもありませんよ。私信の手紙ばかりですからね、」と僕は言ってやった。最後には、訴訟に訴えるからとかなんとか嚇し文句を並べて帰って行ったが、それっきり来なかった。ところが二日ばかりすると、今度はクルツの従兄弟だと自称する男が現われて、せめて肉親の臨終の模様を詳しく知りたいということだった。

『その時ふと彼は、クルツは元来すばらしい音楽家なのだというようなことを言った。「その方じゃすばらしい素質の持主だったんですがねえ、」と彼は言った。そういう彼も、たしかオルガン弾きだったはずで、長い、柔い白髪を脂じみた上衣の襟の上まで垂らしていた。僕にはもちろん彼の言葉を疑う理由はない。そして実は今日に至るまで、僕はもともとクルツの職業が何であったか、いや、いったい職業なんてものをもっていたのかどうかさえ、——いいかえれば、どの才能が一番傑れていたのか、いまだに僕にはわからないのだ。あるいは新聞などのために書いていた画家か、でなければ逆にジャーナリストで、余技に画の方も少しばかりやるといった方なのかと、そんな風に思ってはいた。——だが、その点になると、この従兄弟という男でさえが、(彼は話している間、しきりに嗅煙草をやっていた。)一向にはっきりしないのだった。ただ万能的な天才だという、——その点になると、僕等の意見は完全に一致した。彼は大きな木綿ハンカチを出して、大きな音をたてて一つ鼻をかむと、僕の渡した、なんでもない手紙とメモ類とを二、三枚もって、老人らしくなにかしきりに興奮しながら帰って行った。最後には新聞記者が来た、そしてあの《同僚》の最期を是非聞かせてほしいと言った。この訪問者によると、クルツの本領はやっぱり政治家として、《民衆の味方になる》ということだったでしょうねと言う。太い一文字の眉毛、短く刈りこんだ剛《こわ》そうな頭髪、大きなリボンをつけた単眼鏡《モノクル》、そしてしまいに油が乗ってくると、なに、実はクルツなんて筆の方はからっきし駄目ですよ、というようなことまで言い出した。「だが、ひとたび口を開かしたが最後、実にすばらしいもんでしたねえ! 何万という聴衆が電気をかけられたようになった。つまり信念があった——そうでしょう? ——信念ですよ。なんでも本当に信じることができた——ええ、なんでもですよ。急進党の領袖《リーダー》にでもなれば大したものだったろうになあ。」

『「何党ですって？」と僕は訊いた。「いや、何党だっていいですがね、」と彼は答えた。「とにかく奴は、そのう、ええと、過激派でしたからね。」それは僕も考えていたところだった。僕はもちろん賛成した。すると彼は、にわかに好奇の眼を輝かして、「じゃ、どうしてあの男があんなところへ出かける気になったか、御存知ですか？」という。「むろん知ってるが、」と答えながら、僕はすぐにあの問題の報告書を出して見せて、出版してやったらどうです、と言ってやった。彼はたえずなにか口の中で呟きながら、走り読みしていたが、最後に、「それもよかろう、」と言うと、まるで獲物然とそれを持って帰って行った。

『こうして結局最後まで僕の手許に残ったのは、小さな手紙の束と少女の写真が一枚だけになった。美しい少女だ――という意味は、表情がいいということだが――と僕は思った。もちろん日光という奴が、ときどきとんだ大嘘をつくものであることは僕も知っている。だが、光とポーズの胡魔化しだけで、あの真実溢れた写真の顔の微妙な影はとうてい出るものでないという気がするのだ。心に秘密を持ったり、人を疑ってみたり、自分のことを考えたりしながら、他人の言葉を聞いているような、そんな女とは決して見えなかった。僕は自身出かけて行って、写真と手紙とを返してやろうと決心した。好奇心かって? それもそうだ、だが、ほかにも多少感慨はあった。かつてクルツのものであったものは——彼の魂も、肉体も、出張所も、計画も、象牙も、経歴も——すべて僕の手から離れてしまった。残っているものといえば、思い出と、そしてこの許婚者、ただそれだけだった、——僕はある意味でそれらも一緒に過去の中に葬ってしまいたかったのだ、——僕の心に消え残っている彼の一切を、僕等すべての人間の運命の終止符である、あの忘却の手に委ねてしまいたかったのだ。なにも自己弁明をするわけではない。僕の願っているものが本当に何か、それが僕自身にもはっきりはわかっていなかったのだ。あるいは人間無意識の誠実さという、あれだったのかもしれない。それともあるいは、人生多くの事実の奥に見られるあの皮肉な宿運の一つが、実現されたとでもいうのであろうか。僕も知らない。わからない。だが、とにかく僕は行った。

『僕は、彼の思い出もまた、すべての人間がその人生行路に一つ一つ積み重ねて行く、世の常の故人に対するそれと変りなく——いわばたちまち来てはそのままた永遠に去ってしまう、あのたまゆらの影が脳裡に落して行く、ただ漠然とした印象にすぎまいとばかり思っていた。ところが、まるで掃除の行きとどいた墓場の小径のように、静もり返ったさる通りに、高い、そそり立つ家並に挟まれて、仰ぐばかりにどっしりと構えた扉口の前に立ったとき、突然僕は、あの担架に載せられながら、大地も人も一呑みとばかりに、グワッと大口を開いた彼の幻影を見たのだった。そのとき僕の眼の前に、彼はまざまざと生きていた、——どんな華かな幻影、どんな戦慄すべき現実にも倦くことをしらなかったあの魂、——夜の闇よりもまだ闇黒な、しかも絢爛たる雄弁に包まれたあの高邁な魂が、かつていつの日の彼よりも、もっと生き生きと蘇っていた。

『幻影は、——担架も、担ぎ手も、狂おしい帰依者の群集も、森の幽暗も、前後を深い闇に包まれた河筋のかすかに光る夕映も、そうだ、まるで心臓、あの勝ち誇る闇の心臓の鼓動のように整然と、そして低く、深く響く太鼓の音も、——一切がそのまま僕と一緒に家の中に入ったかのように思えた。いわばそれは荒野の勝利、復讐にはやる荒野の凄まじい来襲の一瞬間だった。だが、僕は、今一つの魂を救うために、たった一人で、この殺到を支えていなければならなかった。そしてあのはるかな荒野の森の奥で、背後には赤々と照らし出された奇怪な角男の姿を眺めながら、彼がふと口にしたあの断《き》れ断《ぎ》れの言葉、それが今や恐ろしい不吉な単純さをもって、まざまざと蘇ってきたのだった。

『あの彼のあさましい弁訴、卑屈な威嚇、底知れぬ醜い慾望、彼の魂の醜劣さ、苛責、嵐のような懊悩、それらも僕は思い出した。だが、そのうちにやがて、平静に帰った彼が弱々しく呟くように、「この象牙は本当はみんな俺のものなんだ。会社は一文だって払ってやしない。いわばみんなこの俺が生命がけで蒐《あつ》めたものなんだ。だが、きっと会社の奴等は、自分たちのものだと言い出すだろう。ふむ、ここが難しいところだ。俺はどうすればいいというんだ？——抵抗？　ええ？　正しい裁判、俺の願いはただそれだけなんだ、」と言ったある日の彼も、眼のあたり見える気がした。俺の願いは正しい裁判だけ——正しい裁判だけ……僕はマホガニつくりの扉の前に立って、ベルを押した。待っている間も、鏡のように光る鏡板の中から、彼の眼——まるで全世界を抱擁し、侮蔑し、嫌悪するかのように、爛々と光る彼の大きな眼が、じっと僕を睨んでいるような気がした。あの——地獄！　地獄だ！　と叫んだ息を殺した囁き、僕はふたたびそれを聞いたような気がした。

『夕闇が迫っていた。僕はしばらく天井の高い応接室で待たされた。部屋には床から天井までとどく細長い窓が三つ、それがまるで布巻きの柱のように白々と光っていた。黄金色に光る、調度類の曲った脚と背面とが、ほのかに輪廓を浮び上らせ、高い大理石の炉は、つめたい、まるで墓碑のような白さだった。隅にはグランド・ピアノが一台、どっしりと置かれてあったが、薄暗の中に、平たいその面は磨き上げた石棺のように、沈痛な光沢を湛えている。背の高い扉が開いて——そして閉った。僕は立ち上った。

『血の気のない顔をした黒装束の女が、まるで揺曳《ようえい》するように薄闇の中を入って来た。喪服だった。彼が死んでから、そしてその報知があってから、もう一年以上経っていた。だが、彼女は永久に憶え、永久に歎いているかのように見えた。そして僕の両手をとると、呟くような低声で、「いらして下さいますことは存じておりました、」と言った。あまり若いとは思えなかった——つまり、少女らしい様子はないということだ。貞節、信仰、悩み、そういったものに対する、もうちゃんと大人らしい感情の持主のように思えた。曇った黄昏の蕭条たる光が、ことごとく彼女の前額のあたりに凝ったかのように、部屋が一段と暗さをまして見えた。この美しい金髪、この蒼ざめた面《おもわ》、この清純な額、それらをめぐって、なにかほのかな灰白色の光輪でもただよっているかのように見え、その中から黒み勝ちな瞳がじっと僕を見つめていた。偽りを知らぬ、深遠な、そして信頼に溢れた、それは瞳だった。まるでその悲しみを誇るかのように、毅然として悲しみに堪えていた、——「私だけでございます、あの方を本当に悼む道を知っておりますものは、」とでも言っているみたいだった。だが、静かに握手を交しているうちに、僕はみるみるたまらない孤独と寂寥の表情が、彼女の顔に現れるのを見た。僕ははじめて、彼女がやはり単なる「時」の玩弄物《なぐさみもの》でない女の一人であることを知った。

『彼女にとっては、クルッの死はまだほんの昨日の出来事だったのだ。僕は激しい感動を覚えた、そして僕にもまた彼の死が昨日——いや、今この瞬間の出来事のように思えてきた。彼女と彼——彼の死と彼女の悲しみとを、僕は同一瞬間の中に見たとも言えれば、——また彼女の悲しみを彼の死の瞬間において見たともいえよう。諸君にはわかるだろうか？　僕はそれらを同時に見、——同時に聞いたのだ。女は大きく一つ息を呑んだかと思うと、「私は取り残されました、」と呻くように言った。その時僕の張りつめた耳は、彼女のこの絶望的な悲しみの調べと入り交って、彼が最後に呟いたあの永遠の滅亡《ほろび》の宣告を、ふたたびはっきりと聞いたような気がした。僕は思わず自問した、俺はここでなにをしようとしているのだ？　と。そしてなにかまるで人間の眼の見てはならない、残忍、怪奇な秘密の場にでも紛れこんだ男のように、異様な動揺を心の奥深く感じた。女は僕に椅子をすすめた。僕等二人は坐った。例の包みをそっと小さい卓の上に差し出すと、彼女はその上に片手を置いた。……一瞬悲しげに黙したが、やがて呟くように言った、「クルッさんをよく御存知でいらっしゃいましたのねえ。」

『「あちらではお互いすぐ親しくなるのです、」と僕は言った。「人間というものは、お互いどれだけ知り合えるものか知りませんが、とにかく僕くらい知っているものはいないと思いますが——」

『「立派な方だとお思いになりまして?」と彼女は言う。「あの方を知る人で、驚かない方はございませんわ。そうじゃございません?」

『「ただの人間じゃありませんでしたねえ、」と多少自信のない答えだったが、なお僕の唇からもっと言葉を期待するかのように、じっと見つめている彼女の視線にぶつかると、僕は改めて、「そうですねえ、愛さないではいられないような男……」

『「ええ、愛さないではいられないとおっしゃるんでしょう?」と、僕が呆気《あっけ》にとられて黙ってしまううちに、彼女はドンドン言葉を結んでしまった。「その通りなんですの、その通りなんですの。私くらいあの方をよく知っている人間はございませんわ、きっと。私はあの方からそれは深い信頼を受けておりました。あの人を一番よく知っている人間、それは私でございますわ。」

『「一番よく知っていたとおっしゃるんですね、」と、僕は女の言葉をもう一度繰り返した。多分そうだろう。彼女の一言ごとに、部屋の中はますます暗くなって行った。彼女の白い、滑かな前額だけが、消えることのない信仰と愛の光に照らし出されて、ほのかに浮んでいた。

『「あなたは、親友でいらしたんでしょう?」と彼女の言葉はなおもつづいた。「あの方の親友……、」といくらか声を励まして、「きっと、そうにちがいありませんわ、あの人がこんなものを預けて、私のところへよこして下さったんですもの。あなたにならばお話できるような気がいたしますわ。——ええ、ぜひともお話させていただきますわ。あなたは——そう、あの方の臨終の言葉をお聞き下さいましたのねえ、——だから、あなたにはぜひとも知っていただかなければ——私という女が、どんなにかあの方にとってふさわしい女だったかということをなんですの。……いいえ、高慢じゃございませんわ……ええ、でも高慢かもしれませんわねえ。でも、世界中で一番よくあの方を知っている人間は私だってこと、むろん私はそれを誇りに思ってますの、——だって、直接あの方からそう言われたんですもの。あの方のお母様がお亡くなりになってからというものは、もう誰一人、——誰一人……」

『僕は聞き耳をたてた。夕闇はいよいよ深くなった。実は僕は、彼が渡した紙包みというのは、間違って渡したのではないかとさえ思っていた。彼が本当に預けたかったのは、もっと他の書類束で、すなわち彼の死後、支配人がランプの下でしきりに検べているのを見た、あれがそうなのではないか、と僕は密かに思うのだ。女は僕の同情にすっかり安心して、苦痛を忘れてしゃべりつづけていた。まるで渇いた人間が水でも飲むように、しゃべっていた。クルッとの婚約については、女の家の方で反対があったということは前に聞いていた。理由は財産がないとか、なんとか、そんな風のことだった。実際そういえば、彼は一生乞食同然だったともいえよう。彼自身僕に話した口吻からしても、あんまり金ができないのに業《ごう》を煮《に》やして、とうとうあんなところへ飛び出して行ったのだ、という風に考えられる節がかなりあった。

『「……一度あの方と話をして、友達になってしまわない人がございますかしら?」と、相変らず女の言葉はつづいていた。「つまり、あの人の一番いいところが、みんなの人を惹きつけたんですわ。」女はじっと燃えるような瞳で僕の顔を見つめている。「偉い人だけの持っている才能じゃございません?」彼女の低い声音には、――河面の漣《さざなみ》、風に揺れる木立の葉ずれ、あの蛮人どものざわめき、かすかに聞える不可解な叫び、永遠の闇の彼方から送られてくる囁き、――そうした僕がかつて耳にしたあらゆる神秘と孤独と悲哀とに充ちた響を、そのまま伴っているかにさえ思えた。「でも、あなたは、あの方の声を直接お聞きになったわけですわねえ！　だから、きっと御存知でいらっしゃいますわ！」彼女は声を高くして叫んだ。

『「ええ、それは知ってますがね、」と僕は言ったが、心の奥にはなにか絶望に似たものを感じていた。だが、彼女のうちなる信仰、――それはあの勝ち誇る闇黒のうちに、この世ならぬ神のような、光に輝く、いわば彼女の救いともいうべき大きな幻影《イリュージョン》だったが、――僕はただその前に頭を下げた、――いかにその闇黒から彼女をまもる、――いや、それどころか自分自身をまもることとさえできそうにない僕であるにしてもだ。

『「なんという大きな損失でございましょう、私にとって――いいえ、私たちにとって！」と彼女は、美しい心の広さを見せて言い直したが、今度は呟くようにさらに、「この世界にとってでございますわ、」と言い添えた。消え残る黄昏の薄明の中に、僕は涙――落ちない涙を一ぱいにためた彼女の瞳が、キラリと光るのを見た。

『「私はそれこそ幸せで――幸運で――そして本当に誇りとしていましたわ、」と彼女の言葉はなおもつづく。「でも、あんまり幸せすぎたんですわ、きっと。しばらくは幸福すぎるくらいでしたの。それが今の私は本当に不幸な――もう一生かけて不幸な女になってしまいましたのね。」

『女は立ち上った。彼女の金髪が、消え残る光のたゆたいを吸い尽したかのように、かすかに黄金色に光っていた。僕も立ち上った。

『「でも、もう、」と女は悲しげにつづけた。「あのお約束も、あの方の偉さも、あの寛大なお心も、気高いお情も――もうなんにも――ただ空しい思い出の外は、みんな失くなってしまいました。あなたと私とが――」

『「私たちは決して忘れる時はありますまい、」と僕はあわてて言った。

『「そうですとも！」と彼女は叫んだ。「これがすべてこのまま失われてしまうなんて、――そうでございますわ、あの立派なお生命が、ただ犠牲にあげられじまいで、――ただ悲しみのほかにはなに一つ残らなくなるなんて、ありえないことだと思いますわ。御存知でいらっしゃいましょう、あの方の大きな計画！　私も存じてはおりましたわ、――でも、やっぱり私にはわかっていなかったんですのよ、――ええ、でも他の方がみんな御存知でいらっしゃいましたわねえ。ですから、きっとなにかは残るにちがいございませんわ。少くともあの方の言葉は、ちゃんと生きて残っていますものねえ。」

『「そう、あの男の言葉はきっと残りましょう、」と僕は言った。

『「ええ、それにあの方の示した模範とでもいいましょうか、それもですわ、」と、彼女は独り言のように呟いた。「誰もみんな尊敬していました。――あの方の徳が、どんな行為一つにも輝いていましたわ。あの方の示した手本、――」

『「その通りです、」と僕は言った。「手本もですねえ。そうです、僕はつい忘れていました。」

『「でも、私は忘れませんわ。私、どうしてもまだ信じられませんの、――信じられませんのよ。これっきり逢えないなんて、そして私だけじゃない、誰もみんなもうこれっきり永久に、――ああ、永久に逢えないなんて、そんなこととても信じられませんわ、信じられませんわ。」

『彼女は、まるでなにか遠ざかって行く影でも追うかのように、静かに両腕を差し伸べた。伸ばした腕、握り合せた血の気のない手首が、消えて行く狭い窓明りを黒々と横切っていた。永久に逢えない！　どうして僕はその時も、彼の姿を眼のあたりまざまざと見ていた。生命のあるかぎり、僕はこの雄弁な幻の姿を見つづけるであろうし、それにまたこの女の悲しみの「霊魂」をも見つづけることであろう――しかもこの時の彼女の動作に、僕はふとあのもう一人の悲しみの女、――身体中に力ない護符《まじない》を飾り、あの地獄の流、闇黒の流の夕映に露わな鳶色の腕を差し伸べていたあの女に、なにか似たものを感じ取ったように思う。突然女は、まるで聞えないような声で、「ええ、生きてらした時の立派さをそのままに、お亡くなりになったんですのね。」

『「そうです、あの人の最期は、生前と少しも変らない立派なものでした、」と僕は言ったものの、なにか鈍い憤りのこみ上げてくるのをどうしようもなかった。

『「だのに、この私がその場にいられなかったなんて、」と女は低く呟いた。僕の怒りは、いつのまにかたまらない憐憫の情に変っていた。

『「それはもうできるだけのことは……」と、僕は口の中で言いかけた。

『「ああ、でも私は誰よりもあの方を信じてました、――あの方のお母さまよりも、――いいえ、きっと――あの方自身よりも。あの方にとっては、私が、――ああ、この私がなくてならないものだったのです。もし居合せたら、私はあの方の溜息一つ、言葉一つ、目顔一つでも、どんなにか大事に胸に蔵《しま》っておいたことでしょう。」

『僕はなにか氷のような冷いもので胸を緊めつけられたような思いがした。「もうおよしになりましたら?」と、僕はソッと言ってみた。

『「御免遊ばせ。あのう、私、あんまり長い間、黙って――胸一つで悲しんでおりましたものですから……あなたは臨終まで――あの方と一緒にいらっしゃいましたのね?

あの方、きっとどんなにか孤独でお寂しかったろうと思いますわ。私のような、あの方の心のわかる人が、誰一人お傍にいなくって。最期《いまわ》の言葉だって、誰一人……」

『「臨終の際まで僕はいました。」僕は頭の中がくらくらしてくるような気がした。「これが最後という言葉も聞いていますがねえ……」とまで言って、僕は驚いて口を緘んだ。

『「どうかおっしゃって下さいまし、」と彼女は悲しみに打ちひしがれたように叫んだ。「私には、――ええ、私には――なにか、なにか毎日の生活の杖になるようなものが入用なんでございます。」

『僕は危うく、「だって、あれが聞えないのですか？」と叫び出すところだった。それはもう先刻から黄昏の薄暗の中に、絶えまない執拗な囁きになって、あたり一面にこだましわたっていた。まるでそれは、やがて風になる前触れのかすかな囁きのように、刻一刻と高まって、ついには僕等を威嚇するかのようにさえ思えた。――「地獄、地獄だ！」

『あの方の最期《いまわ》の言葉こそ――ああ、私の生命の杖ですわ、」と、彼女はもう一度呟くように言った。「おわかりになりまして、こんなにまで――こんなにまで――あの方をお慕い申上げております私の気持？」

『僕は気を取り直すと、ゆっくりと言ってやった。

『「あの男の最期《いまわ》の言葉といいますのはね——やはりお嬢さんのお名前でした。」

『僕は軽い溜息の音を聞いた、だが、次の瞬間には、突然恐ろしい歓喜の叫び、それはほとんど信じられない勝利感と、名状しがたい苦痛の叫びだったが、それが僕の心臓をピタリととめてしまった。と、「ええ、わかってましたわ。私、疑いませんでしたもの。」……わかっていた！　そして疑わなかった！　すすり泣きの声が聞えた。女は両手に顔を埋めてしまっていた。僕は今にも家が崩れ落ち、大空が頭上に落ちかかるのではないかと思った。だが、なに一つ起らなかった。これしきのことで天は落ちないのだ。だが、もし僕があの時、クルツに対して、当然彼の受けるべき裁決《さばき》を与えていたとしたら、どうだろう？　果して天は落ちていただろうか？　俺の願いはただ正しい裁決《さばき》、それだけだ、と彼は言った。だが、僕にはできなかった。女にそれを言う勇気がなかったのだ。それはあまりにも暗い——あまりにも暗すぎるように思えたからだ……』

マーロウの話は終った。彼は一人離れて、凝然と、あの瞑想する仏像のような姿勢で、ぼんやり闇の中に坐っていた。しばらくは誰一人身動き一つしなかった。『ああ、とうとう退潮の鼻を逃してしまったな、』と突然「重役」が叫んだ。私は目をあげて見た。

沖合の空は黒雲が層々と積み重なり、世界のさい果てまでつづく静かな河の流れが、一面の雲空の下を黒々と流れ——末は遠く巨大な闇の奥までつづいているように思えた。

あとがき

「あとがき」を書く前に、この訳書のできるまでのことを一言しておく。

はじめにこの訳を出したのは、昭和十五年、河出書房から出ていた「世界文学全集」の一冊として、スティヴンソンの「バラントレー家の世嗣」と併せてであった。もちろん未紹介の初訳だったわけだが、コンラッド独特のスタイルと相俟って、正直にいってたいへんな難物だった。旧本の読者諸氏にはまことにすまぬ話だが、相当の誤訳のあることも十分予想できたし、まことに自信のない話だった。

こんど改訳するに当って、なるほど予想のあやまらなかったことを、多分の慚愧をもって改めて確認した。したがって改訳に当っては、戦後畏友朱牟田夏雄君が研究社から教科書版として出したものの註釈にどれだけお世話になったかしれない。ここに改めて謝意を表する次第だが、事実この朱牟田君の訳註なしには、おそらく私は改訳の勇気も出なかったであろう。もちろん二、三不幸にして朱牟田君と解釈を異にする小個所もあり、またいまだに十分わからないところも残っているが、もとよりそれらは受けた教示の量に比べれば、言うに足りない。そんなわけで、改訳はほとんど新訳と変らないほど筆を加えた。まあ、どうやらこんどはそう恥かしい思いをしないで、読者諸君の前に出せるのではないかと思う。感謝とともに併せ記す次第である。

コンラッド小伝

ジョーゼフ・コンラッドというのは、イギリス作家としての筆名である。本名はテオドール・ヨセフ・コンラード・ナレッツ・コルゼニオウスキー(Teodor Josef Konrad Nalecz Korzeniowski)という長い名、言わずと知れた生れはポーランド人である。つまり、生粋のポーランド生れのポーランド人が、たまたま船乗りになったのが因縁になり、二十歳も過ぎてからはじめてイギリスを知り、また本式に英語を学びはじめ、ついには英語作家として立ち、しかもその英語で世界的水準の大作家にまでなったというのは、おそらく世界文学史上でもきわめて稀有な例の一つに相違ない。

簡単に伝記を書くと、彼は一八五七年十二月三日南ポーランド(ウクライナの一部)に生れた。由緒ある家柄で、父はシェイクスピアをはじめ英仏文学のポーランド訳書などを相当に出していたそうで、生活もむしろ貴族的であったという。(コンラッドの容貌に、船員上りなどとは見られない端正なものが見えるのは、そのせいかもしれない。）

ところが周知のように、ポーランドという国は、十八世紀史のいわゆるポーランド分割以来、今世紀の第一次世界大戦後まで長い間独立を失っていた。その結果、南ポーランドはロシア領になり、母国語も自由に使えない状態にあった。これに対して十九世紀以来しばしば民族主義的独立運動が企てられ、そのたびに弾圧を受けたが、上述コンラッドの父もまた運動に参加して、相当の指導的人物になっていた。そのために一八六二年ロシア官憲に挙げられ、北ロシアに流刑ということになった。彼も両親に伴われて北ロシアに強制移住させられることになったが、コンラッド五歳の時である。

しかし馴れない配所の生活は辛く、両親ともに相次いで世を去り、一八六九年十二歳のコンラッドは孤児になった。幸いに母方の伯父というのに引取られたが、十七歳の時にわかに大学進学をやめて、自から選んでフランス船の船員になった。運命の第一歩が決定されたといってよい。

幼年時代、親しい遊び友達もない流刑地の生活から、彼は自然と孤独な読書癖を身につけていた。とりわけ海洋の冒険物語などをもっとも好んでいたというが、そうした空想からの刺戟が動機であったろうと思える。

一八七八年二十一歳のとき、たまたまイギリス船に乗り込むことになり、おかげではじめてイギリスに上陸し、直接英語に接することになった。以後イギリス船員として地位も上り、ついには船長にもなるが、一八九四年(三十七歳)まで十六年にわたる海上生活がつづく。おかげで東洋の海峡植民地から、遠くはオーストラリアまで足跡は延び、またその間にはアフリカの奥地コンゴー河の上流まで行っている。後年彼の文学に結晶された素材の大部分は、この間の経験見聞から獲られたといってよい。(これより先き一八八六年に帰化手続きをとって、イギリス国籍を獲ている。)

血の遺伝というものであろうか。彼は海上生活の終りごろから、おのずと創作欲の動きに駆られるようになった。そして書きはじめていたのが、のちの処女作「オールメヤーの阿呆館」(*Almayer's Folly*)であったという。海上生活を切り上げると同時に、いよいよ本腰を入れて書き上げ、翌一八九五年四月出版を見た。作家ジョーゼフ・コンラッドの誕生である。

作家コンラッドの一生はむしろ恵まれたほど順調で、波瀾らしいものはほとんどない。題材の浪曼的異色ということもあったが、処女作からして意外なほどの成功であり、これによってヘンリ・ジェイムズ、H・G・ウェルズ、アーノルド・ベネットなど多くの

傑れた同時代作家たちの知己を獲た。新しい作品も次々とあらわれた。年代順に主な作品を拾うと、

1　一八九五年「オールメヤーの阿呆館」(「蜥蜴《とかげ》の家」と題して、大沢衛の邦訳がある。現在絶版?)

2　一八九六年「南海のあぶれもの」*An Outcast of the Islands.*(「文化果つるところ」というイギリス映画になって公開された。)

3　一八九七年「ナーシサス号の黒奴」*The Nigger of the Narcissus.*

4　一八九八年「青春」*Youth.* 代表的短篇の一つ。

5　一八九九年「闇の奥」*Heart of Darkness.* 後に改めて解説。

6　一九〇〇年「ジム閣下」*Lord Jim.* 代表的長篇。

7　一九〇一年「颱風」*Typhoon.* ポピュラーな短篇。

8　一九〇二年「行詰り」*The End of the Tether.* 代表的短篇。

9　一九〇四年「ノストローモ」*Nostromo.* ノストローモは、主人公である人夫頭の綽名。いわゆる海洋ものから、一種の政治?小説への転機を示すもの。

10　一九〇五年「海の鏡」*The Mirror of the Sea.* きわめて美しい海のスケッチ集で

あり、また一種の散文詩でもある。

11　一九〇六年「情報スパイ」*The Secret Agent.* スリラーものとか、政治ものといわれる後年の作風の代表作。

12　一九一〇年「西欧人は観る」*Under Western Eyes.* やはり秘密革命活動の人間群を描いた政治的スリラー系列。

13　一九一二年「偶然」*Chance.* 海員を登場人物にして、一部スリラー的興味も取り入れたもの。

14　一九一八年「黄金の矢」*The Arrow of Gold.*

15　一九二三年「海の放浪者」*The Rover.* 海の興味を取入れた歴史もの。

そして一九二四年に死んだ。

コンラッドの小説

コンラッドは、古くから日本ではもっぱら海洋小説家として紹介されてきた。決して間違いではないし、そのかぎりではすでに相当邦訳も出ているはずである。事実、上記作品目録のうち、3、4、7、10などは、いずれも典型的な海洋文学であり、またその種類においてはもっとも傑れたユニークな作品といえよう。

また直接海洋文学ではないにしても、「オールメヤーの阿呆館」、「南海のあぶれもの」、「ジム閣下」、「ノストローモ」、「偶然」、「海の放浪者」など代表作で、直接間接、海と船に関係のないものはほとんどないといってよい。

だが、ここで言っておかなければならないのは、彼が好んで描く海は決して単なる自然現象の写実としてだけの海ではない。(「海の鏡」だけ別。)むしろそれは雄大、豪宕《ごうとう》、激烈な自然力の権化《ごんげ》としての海であり、また海のもつ不可解な神秘性とでもいったものであろう。そして彼の作品に登場する海上の人間は、そうした海との交感において見出される激しい根源的な人間性の露呈である。したがって彼の描く自然は、ただ単にあるがままの自然としてではなく、たとえばほとんどつねに暴風雨の激しさと、凪ぎの沈痛さとをもって描かれる。しばしば彼の海洋文学が、単なる自然以上の、ときには夢魔のように鮮烈な印象をもって迫ってくるのは、そのためであろう。

だが、もちろん彼は単なる海洋文学作家だけではない。むしろより特異的な彼の作家的性格は、たとえば「オールメヤーの阿呆館」、「南海のあぶれもの」や、この「闇の奥」などの系列の作品に見られるような、すさまじいまでな「原始」と「文明」との対決、またそうした激しい自然の中で歪められる人間性の破滅、荒廃といった主題であろう。したがって彼の作品にあらわれる「物語」性は、決してあるがままの自然大の人生ではなく、いわば強大な電圧を加えられた条件下に苦しみ、悩み、のたうつ人間性の姿であるといってよい。

その意味でコンラッドの小説題名は、多くの場合単に表面の意味をこえた象徴的意味をもっている。「闇の奥」については後にも述べるが、「闇の奥」は決して単に暗黒アフリカの奥地というだけでなく、むしろ人間性の深奥に潜む暗黒の深淵こそ、この題名の真の由来でなければならぬ。同様に、「オールメヤーの阿呆館」は、ただに主人公オールメヤーがボルネオの一角に建てた、突拍子もない邸館の綽名《あだな》というだけでなく、むしろ奇怪な妄執に憑かれて一生を破滅に導いたこの人物の愚挙そのものが「阿呆館」なのである。「ナーシサス号の黒奴」における黒奴ウェイトの生と死は、これまた一特定個人の生死だけでなく、上述もした原始的自然力そのままの海上で演じられる原始人間性そのものの象徴である。

なおコンラッドには、比較的後期に属する作品で、近年とくに再評価されるようになった系列の作品群がある。具体的にいえば、上の作品目録の中の、11「情報スパイ」、

12「西欧人は観る」などがそれに属する。

これらは、もはや海と船とをはなれた物語である。そして両者いずれも西欧社会に亡命している帝政ロシアの虚無党、すなわち無政府主義者たちをめぐっての物語である。筋からいえば、前者はロンドンを舞台に亡命虚無党員、彼等に会合場所を提供することによって情報をロシア大使館に売っているスパイなどを中心に、未遂爆破事件やスパイ夫婦の殺人事件などを道具たくさんに構成したもの、また後者は、これまたロシア人の血を引く大学生ラズモフを中心に、虚無党員の暗殺事件、それに捲き込まれたラズモフの苦悶などをめぐって、十分メロドラマとしても読めるが、しかしこれらの作品が今日あらためて再評価の対象になっているのは、単なる物語としての興味ではなく、むしろこうした喜劇的ないしは諷刺的な衣裳に包まれて提出されている人間内面性、とりわけ良心の問題によってである。その意味でしばしばドストエフスキー文学の主題と関連させて論ずる批評家さえある。

以上、簡単ながらコンラッドの生涯と作品について紹介しておいたが、はじめにも言ったように、彼は作家として、ついに一度もベスト・セラー書きにはなれなかったが、その作家的評価においては最初からむしろきわめて順調だったといってよい。そして単に既成伝統の上に作家的位置が早くから定まったというばかりでなく、十九世紀から二十世紀初頭にかけて起った新しい小説文学に、大きく先駆的役割をつとめた一人として高く評価されたといってよい。

おそらくコンラッドの作品を読んで直ちに気がつくと思うことは、それが英文学でいえば旧いディケンズあたりからスティーヴンソンまでの、いわゆる伝統的十九世紀小説とはかなりちがった感銘を与えられるということではなかろうか。一括してよくディケンズ的と呼ばれる典型的手法は、一つの作品の中に種々さまざまな生けるが如き人物を多数つくり出し、これらの間に、あるいは涙をそそり、笑を促すような諸事件を次ぎ次ぎと展開させていくことであった。そしてそれを人生そのままと呼んだ。

それからするとコンラッドの作品は、たしかに一読忘れることのできない人物をつくり上げていることもまちがいないが、しかしより重要な意味は、個々の人物の生態よりも、人間内面の世界、そして心理にある。人間の原始性とか、良心とか、執念とか、そうしたものの方が、個々の性格より重要な位置におかれている。内面世界そのものの方が主人公であり、忘れがたい登場人物は、しばしばそれらを通じてそうした内面世界を展開させるための媒介にしかすぎないと思える場合さえある。

総じて十九世紀小説から二十世紀小説への変移革命は、こうした線に沿っていたといえるが、そうした意味で彼は、ヘンリ・ジェイムズなどとともに、はっきり先駆者の役割をつとめた。個人的にも両者が深く評価し合ったのは当然であった。約言すれば、コンラッドは一方ではフローベル、モーパッサンなどから厳しいリアリズムの技法をしっかり身につけたが、その技法を、その文体を、新しい心理的内面世界という処女地に見事に生かしたということであろう。

「闇の奥」について

「闇の奥」は一八九九年一月から二月にかけて書かれ、同年出版を見た。「青春」、「颱風」などと相前後する中篇代表作だが、日本ではあとの二作ほどよく知られていない。が、おそらく文学としては、はるかに上の作品であり、ある意味ではコンラッド文学の精髄がここに凝結されているともいえよう。

材料は多分に自伝的である。一八九〇年例のリビングストン、スタンリー等の探険でアフリカがにわかに世界的話題の中心になると、三十三歳まだ活気ウッボッたる青年船長コンラッドは、みずから運動して、パリにあった「コンゴー上流開拓会社」というののコンゴー河汽船の船長になった。開発を名として、象牙採集で土人たちを搾取する会社であったことは、作品の通り。彼が赴任したのは同年の五月だということだが、たまたま奥地代理人のクライン(Klein)というのが重病になったので、その引取りのために、彼は遠征隊とともに上流スタンリー・フォールズまで溯航した。クライン、すなわちクルツであり、このときの体験がほとんどそのまま作品化されているという。(一つ大きな相違は、奥地でのクルツの環境を、実際よりははるかにひどい極度の孤独に変えているという。小説の主題からして必要な変改だったのであろう。)

この体験は、事実コンラッドの生涯にとってもっとも重要なモーメントだったらしい。ある人に送った手紙の一節に、「コンゴーに行くまでの僕は、単に一匹の動物にしかすぎなかった」と書いているそうだが、事実はじめて見るアフリカ奥地の人生――極度の寂寥と孤独がもたらす人間性の荒廃、またあくなき白人の搾取振り、そうしたものの実相は、はじめて彼に人間性の深淵について考える機会を与えた。アフリカは船員コンラッドを殺して、作家コンラッドを生んだ、と言われるのも不思議はない。事実、このアフリカ旅行をほとんど最後として、彼はまもなく海から足を洗い、やがて真剣に文学を考えはじめるのである。

その意味で「闇の奥」は象徴的である。それは闇黒大陸の奥であったと同時に、人間性の闇の奥でもあった。いわば人間性の闇の奥が作家コンラッドを生む契機になったといってもよいのである。

すでに当の作品を読み終った、あるいはこれから読もうという読者に、あらずもがなの解説を加えるなどは、およそよけいな蛇足であろう。したがって、それは省略するが、ただ一つ言っておきたいことは、読み終って、まことに奇妙な作品であるという印象がのこるのではあるまいか。(これは原文を読むと、帰化ポーランド人である作者が、まだ十分に暢達な英語に習熟していないということもあって、いっそう難解、晦渋をきわめる。)

第一、女らしい女は一人として出てこない。筋の構成といってもほとんどない。あるものはただクルツという奇怪な人物を救出するまでに、次ぎ次ぎと展開される悪夢のような事件のパノラマにすぎない。それにもかかわらず、この風変りな作品は、いやでもわれわれに底知れぬ泥沼のような人間性荒廃の跡を、まるで熱病患者の息吹きのような息苦しさでひしひしと感銘させずにはおかない。クルツという人間の荒廃は、たとえその容貌、容姿はさだかでなくとも、ただその世界の崩壊するにも似たたしかさで、ぐんぐん圧倒してくるにちがいない。(周知のように「クルツが死んだ!」の一句は、T・S・エリオットがその「荒地」の中できわめて象徴的に引用している。)

それはクルツその人が、もともと高邁な人間であればあるほど、荒廃もまたいっそう壮大であったともいえる。そしてそのアイロニーは(コンラッド独特のものである)、作品の最後、マーロウがパリでクルツのかつての許婚者に会うところで頂点に達している。臨終のクルツは、「地獄だ! 地獄だ!」と深淵の底から叫んだ。が、荒廃を知らぬ女は、最後の言葉は私の名前であったろうという。マーロウは、骨の髄にまでゾッとする寒風を感じながらも、しずかにそうだと肯定の嘘言をつく、あの一瞬である。(因みに、マーロウという語り手でもあり、傍観者でもある人物は、「青春」、「ジム閣下」、「偶然」などにも出るコンラッド得意の趣向だが、ほぼ作者自身の分身であると見てまちがいない。)

先にも書いたように、コンラッドは、フローベルのスタイルに私淑するところ深く、いわゆる「適確なる言葉《モ・ジュスト》」は彼にもまた理想であったらしい。そうしたスタイルは、この一篇にも、しばしば象徴的な雄勁さと簡潔さをもって現わされているのだが、訳文においてははなはだしく叙述的、説明的とならざるをえなかった。その意味で、たとえ誤訳を最少限に防ぎえても、なお出来としては決して満足とはいえないようである。もし原文の象徴的簡潔さを生かして、しかも達意の日本文に自信ある訳者があれば、改訳していただきたい。なおそこで附言しておきたいのは、この中篇は、たとえ途中で難解、茫漠たる個所があっても、とにかく一応最後まで読み通してもらいたい。さすれば読了後はじめて最初の部分の暗示が生き生きと蘇ることが珍らしくないからである。それはつまりこの作者の構成が、常に暗示的方法を取っていて、決して叙述的方法をとっていないからであって、やむをえないのである。

昭和三十三年一月

中野好夫

闇《やみ》の奥《おく》　コンラッド作

1958年1月25日　第1刷発行
2010年4月21日　第56刷改版発行
2025年4月15日　第67刷発行

訳　者　中野好夫《なかのよしお》

発行者　坂本政謙

発行所　株式会社 岩波書店
〒101-8002 東京都千代田区一ツ橋 2-5-5

案内 03-5210-4000　営業部 03-5210-4111
文庫編集部 03-5210-4051
https://www.iwanami.co.jp/

印刷・理想社　カバー・精興社　製本・中永製本

ISBN 978-4-00-322481-6　　Printed in Japan

読書子に寄す

——岩波文庫発刊に際して——

岩波茂雄

真理は万人によって求められることを自ら欲し、芸術は万人によって愛されることを自ら望む。かつては民を愚昧ならしめるために学芸が最も狭き堂宇に閉鎖されたことがあった。今や知識と美とを特権階級の独占より奪い返すことはつねに進取的なる民衆の切実なる要求である。岩波文庫はこの要求に応じそれに励まされて生まれた。それは生命ある不朽の書を少数者の書斎と研究室とより解放して街頭にくまなく立たしめ民衆に伍せしめるであろう。近時大量生産予約出版の流行を見る。その広告宣伝の狂態はしばらくおくも、後代にのこすと誇称する全集がその編集に万全の用意をなしたるか。千古の典籍の翻訳企図に敬虔の態度を欠かざりしか。さらに分売を許さず読者を繋縛して数十冊を強うるがごとき、はたしてその揚言する学芸解放のゆえんなりや。吾人は天下の名士の声に和してこれを推挙するに躊躇するものである。このときにあたって、岩波書店は自己の責務のいよいよ重大なるを思い、従来の方針の徹底を期するため、すでに十数年以前より志して来た計画を慎重審議この際断然実行することにした。吾人は範をかのレクラム文庫にとり、古今東西にわたって文芸・哲学・社会科学・自然科学等種類のいかんを問わず、いやしくも万人の必読すべき真に古典的価値ある書をきわめて簡易なる形式において逐次刊行し、あらゆる人間に須要なる生活向上の資料、生活批判の原理を提供せんと欲する。この文庫は予約出版の方法を排したるがゆえに、読者は自己の欲する時に自己の欲する書物を各個に自由に選択することができる。携帯に便にして価格の低きを最主とするがゆえに、外観を顧みざるも内容に至っては厳選最も力を尽くし、従来の岩波出版物の特色をますます発揮せしめようとする。この計画たるや世間の一時の投機的なるものと異なり、永遠の事業として吾人は微力を傾倒し、あらゆる犠牲を忍んで今後永久に継続発展せしめ、もって文庫の使命を遺憾なく果たさしめることを期する。芸術を愛し知識を求むる士の自ら進んでこの挙に参加し、希望と忠言とを寄せられることは吾人の熱望するところである。その性質上経済的には最も困難多きこの事業にあえて当たらんとする吾人の志を諒として、その達成のため世の読書子とのうるわしき共同を期待する。

昭和二年七月

《イギリス文学》〔赤〕

ユートピア　トマス・モア　平井正穂訳
完訳 カンタベリー物語 全三冊　チョーサー　桝井迪夫訳
ヴェニスの商人　シェイクスピア　中野好夫訳
十二夜　シェイクスピア　小津次郎訳
ハムレット　シェイクスピア　野島秀勝訳
オセロウ　シェイクスピア　菅泰男訳
リア王　シェイクスピア　野島秀勝訳
マクベス　シェイクスピア　木下順二訳
ソネット集　シェイクスピア　高松雄一訳
ロミオとジューリエット　シェイクスピア　平井正穂訳
リチャード三世　シェイクスピア　木下順二訳
対訳 シェイクスピア詩集 ―イギリス詩人選(1)　柴田稔彦編
から騒ぎ　シェイクスピア　喜志哲雄訳
冬物語　シェイクスピア　桒山智成訳
言論・出版の自由 ―アレオパジティカ 他一篇　ミルトン　原田純訳
失楽園 全二冊　ミルトン　平井正穂訳

ロビンソン・クルーソー 全二冊　デフォー　平井正穂訳
奴婢訓 他一篇　スウィフト　深町弘三訳
ガリヴァー旅行記　スウィフト　平井正穂訳
トリストラム・シャンディ 全三冊　ロレンス・スターン　朱牟田夏雄訳
ウェイクフィールドの牧師 ―むだばなし　ゴールドスミス　小野寺健訳
幸福の探求 ―アビシニアの王子ラセラスの物語　サミュエル・ジョンソン　朱牟田夏雄訳
対訳 ブレイク詩集 ―イギリス詩人選(4)　松島正一編
対訳 ワーズワス詩集 ―イギリス詩人選(3)　山内久明編
湖の麗人　スコット　入江直祐訳
キプリング短篇集　橋本槙矩編訳
対訳 コウルリッジ詩集 イギリス詩人選(7)　上島建吉編
高慢と偏見 全二冊　ジェーン・オースティン　富田彬訳
ジェイン・オースティンの手紙　新井潤美編訳
マンスフィールド・パーク 全二冊　ジェイン・オースティン　新井潤美・宮丸裕二訳
シェイクスピア物語 全二冊　チャールズ・ラム メアリー・ラム　安藤貞雄訳
エリア随筆抄　チャールズ・ラム　南條竹則編訳
デイヴィッド・コパフィールド 全五冊　ディケンズ　石塚裕子訳

炉辺のこほろぎ　ディケンズ　本多顕彰訳
ボズのスケッチ 短篇小説篇 全二冊　ディケンズ　藤岡啓介訳
アメリカ紀行 全二冊　ディケンズ　伊藤弘之・下笠徳次・隈元貞広訳
イタリアのおもかげ　ディケンズ　伊藤弘之・下笠徳次・隈元貞広訳
大いなる遺産 全二冊　ディケンズ　石塚裕子訳
荒涼館 全四冊　ディケンズ　佐々木徹訳
鎖を解かれたプロメテウス　シェリー　石川重俊訳
アイルランド 歴史と風土　オフェイロン　橋本槙矩訳
ジェイン・エア 全二冊　シャーロット・ブロンテ　河島弘美訳
嵐が丘 全二冊　エミリー・ブロンテ　河島弘美訳
サイラス・マーナー　ジョージ・エリオット　土井治訳
アルプス登攀記 全二冊　ウィンパー　浦松佐美太郎訳
アンデス登攀記 全二冊　ウィンパー　大貫良夫訳
ジーキル博士とハイド氏　スティーヴンスン　海保眞夫訳
南海千一夜物語　スティーヴンスン　中村徳三郎訳
若い人々のために 他十一篇　スティーヴンスン　岩田良吉訳
怪談 ―不思議なことの物語と研究　ラフカディオ・ハーン　平井呈一訳

ドリアン・グレイの肖像	オスカー・ワイルド 富士川義之訳
サロメ	ワイルド 福田恆存訳
嘘から出た誠	ワイルド 岸本一郎訳
童話集 幸福な王子 他八篇	オスカー・ワイルド 富士川義之訳
分らぬもんですよ	バァナード・ショウ 市川又彦訳
ヘンリ・ライクロフトの私記	ギッシング 平井正穂訳
南イタリア周遊記	ギッシング 小池滋訳
闇の奥	コンラッド 中野好夫訳
密偵	コンラッド 土岐恒二訳
対訳 イエイツ詩集	高松雄一編
月と六ペンス	モーム 行方昭夫訳
読書案内 —世界文学	W・S・モーム 西川正身訳
人間の絆 全三冊	モーム 行方昭夫訳
サミング・アップ	モーム 行方昭夫訳
モーム短篇選 全二冊	行方昭夫編訳
アシェンデン —英国情報部員のファイル	モーム 中島賢二・岡田久雄訳
お菓子とビール	モーム 行方昭夫訳

ダブリンの市民	ジョイス 結城英雄訳
荒地	T・S・エリオット 岩崎宗治訳
オーウェル評論集	小野寺健編訳
パリ・ロンドン放浪記	ジョージ・オーウェル 小野寺健訳
カタロニア讃歌	ジョージ・オーウェル 都築忠七訳
動物農場 —おとぎばなし	ジョージ・オーウェル 川端康雄訳
対訳 キーツ詩集 —イギリス詩人選(10)	宮崎雄行編
キーツ詩集	中村健二訳
オルノーコ 美しい浮気女	アフラ・ベイン 土井治訳
解放された世界	H・G・ウェルズ 浜野輝訳
大転落	イヴリン・ウォー 富山太佳夫訳
回想のブライズヘッド 全二冊	イーヴリン・ウォー 小野寺健訳
愛されたもの	イーヴリン・ウォー 中村健二・出淵博訳
対訳 ジョン・ダン詩集 —イギリス詩人選(2)	湯浅信之編
フォースター評論集	小野寺健編訳
白衣の女 全三冊	ウィルキー・コリンズ 中島賢二訳
アイルランド短篇選	橋本槇矩編訳

灯台へ	ヴァージニア・ウルフ 御輿哲也訳
狐になった奥様	ガーネット 安藤貞雄訳
フランク・オコナー短篇集	阿部公彦訳
たいした問題じゃないが —イギリス・コラム傑作選	行方昭夫編訳
真昼の暗黒	アーサー・ケストラー 中島賢二訳
文学とは何か —現代批評理論への招待 全二冊	テリー・イーグルトン 大橋洋一訳
D・G・ロセッティ作品集	南條竹則・松村伸一編訳
真夜中の子供たち 全二冊	サルマン・ラシュディ 寺門泰彦訳
英国古典推理小説集	佐々木徹編訳

《アメリカ文学》〔赤〕

- ギリシア・ローマ神話 付インド・北欧神話 — ブルフィンチ 野上弥生子訳
- 中世騎士物語 — ブルフィンチ 野上弥生子訳
- フランクリン自伝 — 松本慎一 西川正身訳
- スケッチ・ブック 全二冊 — アーヴィング 齊藤昇訳
- アルハンブラ物語 全二冊 — アーヴィング 平沼孝之訳
- ウォルター・スコット邸訪問記 — アーヴィング 齊藤昇訳
- ブレイスブリッジ邸 — アーヴィング 齊藤昇訳
- エマソン論文集 全二冊 — エマソン 酒本雅之訳
- 完訳 緋文字 — ホーソーン 八木敏雄訳
- 黒猫・モルグ街の殺人事件 他五篇 — ポオ 中野好夫訳
- 対訳 ポー詩集 —アメリカ詩人選(1) — 加島祥造編
- 黄金虫・アッシャー家の崩壊 他九篇 — ポオ 八木敏雄訳
- ポオ評論集 — 八木敏雄編訳
- 森の生活（ウォールデン） 全二冊 — ソロー 飯田実訳
- 市民の反抗 他五篇 — H・D・ソロー 飯田実訳
- 白鯨 全三冊 — メルヴィル 八木敏雄訳
- ビリー・バッド — メルヴィル 坂下昇訳
- ホイットマン自選日記 全二冊 — 杉木喬訳
- 対訳 ホイットマン詩集 —アメリカ詩人選(2) — 木島始編
- 対訳 ディキンソン詩集 —アメリカ詩人選(3) — 亀井俊介編
- 不思議な少年 — マーク・トウェイン 中野好夫訳
- 王子と乞食 — マーク・トウェーン 村岡花子訳
- 人間とは何か — マーク・トウェイン 中野好夫訳
- ハックルベリー・フィンの冒険 全二冊 — マーク・トウェイン 西田実訳
- いのちの半ばに — ビアス 西川正身訳
- 新編 悪魔の辞典 — ビアス 西川正身編訳
- ビアス短篇集 — 大津栄一郎編訳
- ねじの回転 デイジー・ミラー — ヘンリー・ジェイムズ 行方昭夫訳
- ワシントン・スクエア — ヘンリー・ジェイムズ 河島弘美訳
- ノリス 死の谷 マクティーグ 全二冊 — 石田英二 井上宗次訳
- シスター・キャリー 全二冊 — ドライサー 村山淳彦訳
- 響きと怒り 全二冊 — フォークナー 平石貴樹 新納卓也訳
- アブサロム、アブサロム! 全二冊 — フォークナー 藤平育子訳
- 八月の光 全二冊 — フォークナー 諏訪部浩一訳
- 武器よさらば 全二冊 — ヘミングウェイ 谷口陸男訳
- オー・ヘンリー傑作選 — 大津栄一郎訳
- アメリカ名詩選 — 亀井俊介 川本皓嗣編
- 魔法の樽 他十二篇 — マラマッド 阿部公彦訳
- 青白い炎 — ナボコフ 富士川義之訳
- 風と共に去りぬ 全六冊 — マーガレット・ミッチェル 荒このみ訳
- 対訳 フロスト詩集 —アメリカ詩人選(4) — 川本皓嗣編
- とんがりモミの木の郷 他五篇 — セアラ・オーン・ジュエット 河島弘美訳
- 無垢の時代 — イーディス・ウォートン 河島弘美訳
- 暗闇に戯れて —白さと文学的想像力 — トニ・モリスン 都甲幸治訳

《ドイツ文学》〔赤〕

- ニーベルンゲンの歌 全二冊　相良守峯訳
- 若きウェルテルの悩み　ゲーテ　竹山道雄訳
- ヴィルヘルム・マイスターの修業時代 全三冊　ゲーテ　山崎章甫訳
- イタリア紀行 全三冊　ゲーテ　相良守峯訳
- ファウスト 全二冊　ゲーテ　相良守峯訳
- ゲーテとの対話 全三冊　エッカーマン　山下肇訳
- スペインの太子 ドン・カルロス　シルレル　佐藤通次訳
- ヒュペーリオン —希臘の世捨人　ヘルデルリーン　渡辺格司訳
- 青い花　ノヴァーリス　青山隆夫訳
- 夜の讃歌・サイスの弟子たち 他一篇　ノヴァーリス　今泉文子訳
- 完訳 グリム童話集 全五冊　金田鬼一訳
- 黄金の壺　ホフマン　神品芳夫訳
- ホフマン短篇集　池内紀編訳
- ミヒャエル・コールハース チリの地震 他一篇　クライスト　山口裕之訳
- 影をなくした男　シャミッソー　池内紀訳
- 流刑の神々・精霊物語　ハイネ　小沢俊夫訳
- ブリギッタ・森の泉 他一篇　シュティフター　宇多五郎・高安国世訳
- みずうみ 他四篇　シュトルム　関泰祐訳
- 沈鐘　ハウプトマン　阿部六郎訳
- 地霊・パンドラの箱 ルル二部作　F・ヴェデキント　岩淵達治訳
- 春のめざめ　F・ヴェデキント　酒寄進一訳
- 花・死人に口なし 他七篇　シュニッツラー　番匠谷英一・山本有三訳
- ゲオルゲ詩集　手塚富雄訳
- リルケ詩集　高安国世訳
- ドゥイノの悲歌　リルケ　手塚富雄訳
- ブッデンブローク家の人びと 全三冊　トーマス・マン　望月市恵訳
- 魔の山 全二冊　トーマス・マン　関泰祐・望月市恵訳
- トニオ・クレエゲル　トオマス・マン　実吉捷郎訳
- ヴェニスに死す　トオマス・マン　実吉捷郎訳
- 講演集 ドイツとドイツ人 他五篇　トーマス・マン　青木順三訳
- 講演集 リヒァルト・ヴァーグナーの苦悩と偉大 他一篇　トーマス・マン　青木順三訳
- 車輪の下　ヘルマン・ヘッセ　実吉捷郎訳
- デミアン　ヘルマン・ヘッセ　実吉捷郎訳
- シッダルタ　ヘッセ　手塚富雄訳
- 幼年時代　カロッサ　斎藤栄治訳
- ジョゼフ・フーシェ —ある政治的人間の肖像　シュテファン・ツワイク　高橋禎二・秋山英夫訳
- 変身・断食芸人　カフカ　山下肇・山下萬里訳
- 審判　カフカ　辻瑆訳
- カフカ短篇集　池内紀編訳
- カフカ寓話集　池内紀編訳
- ドイツ炉辺ばなし集 —カレンダーゲシヒテン　ヘーベル　木下康光編訳
- ウィーン世紀末文学選　池内紀編訳
- ティル・オイレンシュピーゲルの愉快ないたずら　阿部謹也訳
- チャンドス卿の手紙 他十篇　ホフマンスタール　檜山哲彦訳
- ホフマンスタール詩集　川村二郎訳
- インド紀行 全二冊　ボンゼルス　実吉捷郎訳
- ドイツ名詩選　生野幸吉・檜山哲彦編
- 聖なる酔っぱらいの伝説 他四篇　ヨーゼフ・ロート　池内紀訳
- ラデツキー行進曲 全二冊　ヨーゼフ・ロート　平田達治訳
- ボードレール 他五篇 —ベンヤミンの仕事2　ベンヤミン　野村修編訳

パサージュ論 全五冊 ヴァルター・ベンヤミン 今村仁司・三島憲一・大貫敦子・高橋順一・塚原史・細見和之・村岡晋一・山本尤・横張誠・與謝野文子・吉村和明 訳

ジャクリーヌと日本人 ヤーコプ 相良守峯 訳

ヴォイツェク ダントンの死 レンツ ビューヒナー 岩淵達治 訳

人生処方詩集 エーリヒ・ケストナー 小松太郎 訳

終戦日記一九四五 エーリヒ・ケストナー 酒寄進一 訳

独裁者の学校 エーリヒ・ケストナー 酒寄進一 訳

第七の十字架 全二冊 アンナ・ゼーガース 山下肇・新村浩 訳

《フランス文学》〔赤〕

ラブレー第一之書 ガルガンチュワ物語 渡辺一夫 訳

ラブレー第二之書 パンタグリュエル物語 渡辺一夫 訳

ラブレー第三之書 パンタグリュエル物語 渡辺一夫 訳

ラブレー第四之書 パンタグリュエル物語 渡辺一夫 訳

ラブレー第五之書 パンタグリュエル物語 渡辺一夫 訳

エセー 全六冊 モンテーニュ 原二郎 訳

ラ・ロシュフコー箴言集 二宮フサ 訳

ブリタニキュス ベレニス ラシーヌ 渡辺守章 訳

いやいやながら医者にされ モリエール 鈴木力衛 訳

守銭奴 モリエール 鈴木力衛 訳

完訳 ペロー童話集 新倉朗子 訳

ラ・フォンテーヌ 寓話 全二冊 ラ・フォンテーヌ 今野一雄 訳

カンディード 他五篇 ヴォルテール 植田祐次 訳

哲学書簡 ヴォルテール 林達夫 訳

ルイ十四世の世紀 全四冊 ヴォルテール 丸山熊雄 訳

美味礼讃 全二冊 ブリア＝サヴァラン 関根秀雄・戸部松実 訳

近代人の自由と古代人の自由・征服の精神と簒奪 他一篇 コンスタン 堤林剣・堤林恵 訳

恋愛論 全二冊 スタンダール 杉本圭子 訳

赤と黒 全二冊 スタンダール 桑原武夫・生島遼一 訳

艶笑滑稽譚 全三冊 バルザック 石井晴一 訳

レ・ミゼラブル 全四冊 ユーゴー 豊島与志雄 訳

ライン河幻想紀行 ユーゴー 榊原晃三 編訳

ノートル＝ダム・ド・パリ 全二冊 ユゴー 辻昶・松下和則 訳

モンテ・クリスト伯 全七冊 アレクサンドル・デュマ 山内義雄 訳

三銃士 全二冊 デュマ 生島遼一 訳

カルメン メリメ 杉捷夫 訳

愛の妖精（プチット・ファデット） ジョルジュ・サンド 宮崎嶺雄 訳

ボオドレール 悪の華 鈴木信太郎 訳

ボヴァリー夫人 全二冊 フローベール 伊吹武彦 訳

感情教育 全二冊 フローベール 生島遼一 訳

紋切型辞典 フローベール 小倉孝誠 訳

サラムボー 全二冊 フローベール 中條屋進 訳

未来のイヴ 全二冊 ヴィリエ・ド・リラダン 渡辺一夫 訳

風車小屋だより　ドーデー　桜田佐訳
サフォ　パリ風俗　ドーデー　朝倉季雄訳
プチ・ショーズ　—ある少年の物語　ドーデ　原千代海訳
テレーズ・ラカン　全二冊　エミール・ゾラ　小林正訳
ジェルミナール　全三冊　エミール・ゾラ　安士正夫訳
獣人　全二冊　エミール・ゾラ　川口篤訳
氷島の漁夫　ピエール・ロチ　吉氷清訳
マラルメ詩集　渡辺守章訳
脂肪のかたまり　モーパッサン　高山鉄男訳
メゾンテリエ　他三篇　モーパッサン　河盛好蔵訳
モーパッサン短篇選　高山鉄男編訳
わたしたちの心　モーパッサン　笠間直穂子訳
地獄の季節　ランボオ　小林秀雄訳
対訳 ランボー詩集　—フランス詩人選(1)　中地義和編
にんじん　ルナアル　岸田国士訳
ジャン・クリストフ　全四冊　ロマン・ローラン　豊島与志雄訳
ベートーヴェンの生涯　ロマン・ロラン　片山敏彦訳

ミレー　ロマン・ロラン　蛯原徳夫訳
狭き門　アンドレ・ジイド　川口篤訳
法王庁の抜け穴　アンドレ・ジイド　石川淳訳
モンテーニュ論　アンドレ・ジイド　渡辺一夫訳
ヴァレリー詩集　ポール・ヴァレリー　鈴木信太郎訳
ムッシュー・テスト　ポール・ヴァレリー　清水徹訳
エウパリノス　魂と舞踏　樹についての対話　ポール・ヴァレリー　清水徹訳
精神の危機　他十五篇　ポール・ヴァレリー　恒川邦夫訳
ドガ ダンス デッサン　ポール・ヴァレリー　塚本昌則訳
シラノ・ド・ベルジュラック　ロスタン　辰野隆・鈴木信太郎訳
海の沈黙・星への歩み　ヴェルコール　河野與一・加藤周一訳
地底旅行　ジュール・ヴェルヌ　朝比奈弘治訳
八十日間世界一周　ジュール・ヴェルヌ　鈴木啓二訳
海底二万里　全二冊　ジュール・ヴェルヌ　朝比奈美知子訳
火の娘たち　ネルヴァル　野崎歓訳
パリの夜　—革命下の民衆　レチフ・ド・ラ・ブルトンヌ　植田祐次編訳
シェリ　コレット　工藤庸子訳

シェリの最後　コレット　工藤庸子訳
生きている過去　レニエ　窪田般彌訳
シュルレアリスム宣言・溶ける魚　アンドレ・ブルトン　巖谷國士訳
ナジャ　アンドレ・ブルトン　巖谷國士訳
ジュスチーヌまたは美徳の不幸　サド　植田祐次訳
とどめの一撃　ユルスナール　岩崎力訳
フランス名詩選　安藤元雄・入沢康夫・渋沢孝輔編
繻子の靴　全二冊　ポール・クローデル　渡辺守章訳
A・O・バルナブース全集　全二冊　ヴァレリー・ラルボー　岩崎力訳
心変わり　ミシェル・ビュトール　清水徹訳
悪魔祓い　ル・クレジオ　高山鉄男訳
失われた時を求めて　全十四冊　プルースト　吉川一義訳
子ども　全二冊　ジュール・ヴァレス　朝比奈弘治訳
星の王子さま　サン=テグジュペリ　内藤濯訳
プレヴェール詩集　小笠原豊樹訳
ペスト　カミュ　三野博司訳
サラゴサ手稿　全三冊　ヤン・ポトツキ　畑浩一郎訳

《別冊》

増補 フランス文学案内　渡辺一夫・鈴木力衛

増補 ドイツ文学案内　手塚富雄・神品芳夫

ことばの花束 —岩波文庫の名句365—　岩波文庫編集部編

愛のことば —岩波文庫から—　岩波文庫編集部編

世界文学のすすめ　大岡信・奥本大三郎・川村二郎・小池滋・沼野充義編

近代日本文学のすすめ　大岡信・加賀乙彦・菅野昭正・曾根博義・十川信介編

近代日本思想案内　鹿野政直

近代日本文学案内　十川信介

ポケットアンソロジー この愛のゆくえ　中村邦生編

スペイン文学案内　佐竹謙一

一日一文 英知のことば　木田元編

声でたのしむ 美しい日本の詩　大岡信・谷川俊太郎編

《歴史・地理》〔青〕

新訂 魏志倭人伝・後漢書倭伝・宋書倭国伝・隋書倭国伝 —中国正史日本伝1　石原道博編訳
新訂 旧唐書倭国日本伝・宋史日本伝・元史日本伝 —中国正史日本伝2　石原道博編訳
ヘロドトス 歴史 全三冊　松平千秋訳
トゥーキュディデース 戦史 全三冊　久保正彰訳
ガリア戦記　カエサル　近山金次訳
タキトゥス 年代記 —ティベリウス帝からネロ帝へ 全二冊　国原吉之助訳
ランケ 世界史概観 —近世史の諸時代　鈴木成高・相原信作訳
ランケ自伝　林健太郎訳
歴史における個人の役割　プレハーノフ　木原正雄訳
古代への情熱 —シュリーマン自伝　シュリーマン　村田数之亮訳
大君の都 —幕末日本滞在記 全三冊　オールコック　山口光朔訳
アーネスト・サトウ 一外交官の見た明治維新 全二冊　坂田精一訳
ベルツの日記 全二冊　トク・ベルツ編　菅沼竜太郎訳
武家の女性　山川菊栄
インディアスの破壊についての簡潔な報告　ラス・カサス　染田秀藤訳
ラス・カサス インディアス史 全七冊　長南実訳　石原保徳編

インディアスの破壊をめぐる賠償義務論 —十二の疑問に答える　ラス・カサス　染田秀藤訳
コロンブス 全航海の報告　林屋永吉訳
大森貝塚 —付 関連史料　E・S・モース　近藤義郎・佐原真編訳
ナポレオン言行録　オクターヴ・オブリ編　大塚幸男訳
中世的世界の形成　石母田正
日本の古代国家　石母田正
平家物語 他六篇　石母田正　高橋昌明編
クリオの顔 —歴史随想集　E・H・ノーマン　大窪愿二編訳
日本における近代国家の成立　E・H・ノーマン　大窪愿二訳
旧事諮問録 —江戸幕府役人の証言 全二冊　旧事諮問会編　進士慶幹校注
ローマ皇帝伝 全二冊　スエトニウス　国原吉之助訳
アリランの歌 —ある朝鮮人革命家の生涯　ニム・ウェールズ　キム・サン　松平いを子訳
さまよえる湖 全二冊　ヘディン　福田宏年訳
老松堂日本行録 —朝鮮使節の見た中世日本　宋希璟　村井章介校注
十八世紀パリ生活誌 —タブロー・ド・パリ 全二冊　メルシエ　原宏編訳
ヨーロッパ文化と日本文化　ルイス・フロイス　岡田章雄訳注
ギリシア案内記 全二冊　パウサニアス　馬場恵二訳

オデュッセウスの世界　フィンリー　下田立行訳
東京に暮す —一九二八〜一九三六　キャサリン・サンソム　大久保美春訳
ミカド —日本の内なる力　W・E・グリフィス　亀井俊介訳
増補 幕末百話　篠田鉱造
幕末明治 女百話 全二冊　篠田鉱造
日本中世の村落　清水三男　大山喬平・馬田綾子校注
トゥバ紀行　メンヒェン＝ヘルフェン　田中克彦訳
徳川時代の宗教　R・N・ベラー　池田昭訳
ある出稼石工の回想　マルタン・ナド　喜安朗訳
革命的群衆　G・ルフェーヴル　二宮宏之訳
植物巡礼 —プラント・ハンターの回想　F・キングドン－ウォード　塚谷裕一訳
日本滞在日記 —一八〇四—一八〇五　レザーノフ　大島幹雄訳
モンゴルの歴史と文化　ハイシッヒ　田中克彦訳
歴史序説 全四冊　イブン＝ハルドゥーン　森本公誠訳
ダンピア 最新世界周航記 全二冊　平野敬一訳
ローマ建国史 全三冊（既刊上巻）　リーウィウス　鈴木一州訳
元治夢物語 —幕末同時代史　馬場文英　徳田武校注

岩波文庫の最新刊

川本皓嗣編
新編 イギリス名詩選

〈歌う喜び〉を感じさせてやまない名詩の数々。一六世紀のスペンサーから二〇世紀後半のヒーニーまで、愛され親しまれている九二篇を対訳で編む。待望の新編。
〔赤二七三-二〕 定価一二七六円

辻 茂編訳／石原靖夫・望月一史訳
チェンニーノ・チェンニーニ
絵画術の書

フィレンツェの工房で伝えられてきた、ジョット以来の偉大な絵画技法を伝える歴史的文献。現存する三写本からの完訳に、詳細な用語解説を付す。(口絵四頁)
〔青五八八-一〕 定価一四三〇円

ルートヴィヒ・ボルツマン著／稲葉肇訳
気体論講義(上)

気体分子の運動に確率計算を取り入れ、統計的方法にもとづく力学理論を打ち立てた、ルートヴィヒ・ボルツマン(一八四四―一九〇六)の集大成といえる著作。(全二冊)
〔青九五九-一〕 定価一四三〇円

相馬御風編注
良寛和尚歌集

良寛(一七五八―一八三一)の和歌は、日本人の心をとらえて来た。良寛研究の礎となった相馬御風(一八八三―一九五〇)の評釈で歌を味わう。(解説＝鈴木健一・復本一郎)
〔黄二二二-二〕 定価六四九円

……今月の重版再開……

シュテファン・ツワイク作／高橋禎二、秋山英夫訳
マリー・アントワネット(上)

定価一一五五円
〔赤四三七-一〕

シュテファン・ツワイク作／高橋禎二、秋山英夫訳
マリー・アントワネット(下)

定価一一五五円
〔赤四三七-二〕